作文自學班

U0108911

我寫的景與情

中華教育

# 我寫的景與情

責任編輯：練嘉茹
裝幀設計：小草
排版：沈崇熙
印務：劉漢舉

出版 / 中華教育

香港北角英皇道 499 號北角工業大廈 1 樓 B

電話：(852) 2137 2338 傳真：(852) 2713 8202

電子郵件：info@chunghwabook.com.hk

網址：http://www.chunghwabook.com.hk

發行 / 香港聯合書刊物流有限公司

香港新界荃灣德士古道 220-248 號

荃灣工業中心 16 樓

電話：(852) 2150 2100 傳真：(852) 2407 3062

電子郵件：info@suplogistics.com.hk

印刷 / 美雅印刷製本有限公司

香港觀塘榮業街 6 號海濱工業大廈 4 字樓 A 室

版次 / 2018 年 10 月第 2 版
　　　 2023 年 4 月第 3 次印刷
© 2018 2023 中華教育

規格 / 32 開（210mm x 148mm）

ISBN / 978-988-8513-95-6

# 目錄

# 序一

# 靈感哪裏來？

我是一個兒童文學創作人，經常會與小讀者見面，這些可愛的小粉絲們，往往以仰慕的眼神望着我，不勝疑惑地問：「你寫那麼多作品，靈感從哪裏來啊？」

「來自生活！」我簡單直接地回答。

靈感來自生活？對！首先訓練自己有一雙敏銳的眼睛，留心觀察周圍的人和環境，你會發現一些別人看不到的事物或現象。如果你用心記下來，用筆記本速寫下來，用照相機拍下來……日積月累，便成為寫作的素材，是一個採之不盡的靈感寶庫。

我寫《奇異的種子》，因為我曾經親手把一粒粒芝麻般大小的番茄種子，嘔盡心血地將它們栽種成枝繁葉茂的植物，而且結出纍纍的鮮紅番茄。

我寫《會哭的鱷魚》，因為八十年代的沙田城門河污染得很厲害，我為此心痛，便化身成一條哭泣的鱷魚，引起小讀者對環境的關注。

我寫《一個快樂的叉燒包》，因為我看到兒童文學家何紫先生吃叉燒包時面上流露出的滿足感，這份吃的快樂感染了我。我想像自己是這個叉燒包，感受到食物帶給人的快樂，因此我樂意做一個快樂的叉燒包。

收集在中華書局出版的《作文自學班》系列三冊中的一百多篇文章，分為人物、景與情和遊記，都可以說是「生活寫作」，靈感來自小作者的生活經驗，加上想像力，配合寫作技巧，篇篇具有創意，是一次難得的佳作展示。我很欣賞！

嚴吳嬋霞

獲獎兒童文學作家及資深出版人
香港親子閱讀書會會長
香港兒童文藝協會名譽會長

# 序二

# 靈感這裏找！

從前，城中有句熱話：「人生有幾多個十年，最緊要過得痛快！」

但在快樂的校園裏，學生最不痛快的是上作文課，每次看見黑板上的題目時，總是不知如何下筆，不是左顧右盼，便是偷偷地與鄰座的同學談話。時間不知不覺地溜走，到快要下課的時候，有些同學只能趕快草草了事，勉強交出一篇沒有內容、沒有條理、字數不足的文章，有些甚至拖延一兩天也交不出來。

同樣，老師每次收到這些作文後，也十分煩悶，面對要批改一大疊內容空洞、枯燥乏味的文章，其不痛快處實在難以言表，可是這工作卻周而復始，永遠停不了。

中華書局出版的《作文教室》，收集了很多篇小學生的優秀作品，分類有記敍文、描寫文、實用文和創意寫作，共有120位小作者，是一輯很好的作文示範系列書籍，小讀者閱後思維必會擴闊不少。此系列出版不久，便榮登十大暢銷書榜。

有了上一輯成功的經驗，中華書局再接再厲推出《作文自學班》，內容共分三冊：《我寫的景與情》寫四時怡人景色，不論晴天雨天，都令人喜愛；《我寫的人物》把人物刻畫入微，描寫得淋漓盡致；《我寫的遊記》帶我們遊覽了不少地方，令人流連忘返。當中有名師對每篇文章作出點評與批改，也有總評與寫作建議，最難能可貴的是，每書設有多個「作文加油站」，內裏提供「詞彙寶盒」、「佳句摘賞」、「寫作小錦囊」及「互動訓練營」。相信只要用心閱讀，讀者的作文技巧便會大有進步。倘有家長從旁提點，收效將會更大。老師如在作文課中引用作範文講授，定能令學生如獲明燈指引，文思敏捷。

語云：「開卷有益。」選讀《作文自學班》能幫助讀者充實自己，加添創意。作文成績一向理想的同學，可以精益求精，百尺竿頭，更進一步；成績一般的同學經過加油，以後作文的時候，便能得心應手，痛快得多了。

**謝振強**

聖公會基顯小學前總校長（1975-1997）

聖公會呂明才紀念小學前總校長（1997-2005）

聖公宗（香港）小學監理委員會總幹事

聖公宗（香港）小學監理委員會《春雨》季刊主編

# 1 熱維他奶

學校：九龍塘宣道小學
年級：小四
作者：梁懿晴

**作文**

今天是個寒冷的日子，天上下着綿綿細雨。我走到一間便利店前，看到一瓶瓶的**熱維他奶**，禁不住進去買了一瓶。慢慢喝着熱維他奶，我想起了最要好的朋友惠玲，心中湧起百般的滋味⋯⋯

三年前的一個冬日，也是下着細雨，而我的心情，也如天氣一般鬱悶。當時，我和家人因為學業的問題而鬧得很僵。我很傷心，卻沒有人為我解憂。其時正值聖誕假期，不用上學，我在公園呆坐，等待奇跡降臨，盼能走出困局。

這天，我到了公園。才坐下，忽然看見有人向我走過來，原

**點評**

● 慢慢地喝着熱維他奶，回憶也在慢慢展開。

● 開篇不俗。「寒冷」的環境描寫與「熱」維他奶的出現給人相對矛盾的兩種感受。倒敍開頭自然。

● 以下兩段寫小作者與惠玲友情的開始，熱騰騰的維他奶成為了友誼的見證。

● 第二段末尾兩句離題較遠，可刪去。

● 也是寒冷的天氣，也是一瓶熱維他奶，只是多

1

來是我的同學惠玲。她雙手捧着兩支熱維他奶，將其中的一支默默地遞了給我，而我也默默地喝了那熱騰騰的維他奶。我們的友誼，也在這一刻開始。

了一雙熱情的手和一種默默的關懷。一個「默默地」遞，一個「默默地」喝，熱維他奶把兩顆心連在了一起。

　　我和惠玲成為了好朋友。在她的鼓勵下，我主動和家人溝通，並和他們和好。我整個人被惠玲感染了，變得開朗樂觀，遇到挫折我會從容面對。我的笑容，也常在我和惠玲一起的時候展現。我們一起看戲、上圖書館、參加公益活動，我活躍了許多。惟一不變的，是每次和惠玲在一起的時候，她都買兩支熱維他奶與我分享，就像我與她分享生活的苦與甘，彼此扶持勉勵一樣。這樣一來，生活變得輕鬆多了。與惠玲一起的日子，是我最快樂的時光。有時我甚至會想：「這是不是一個奇跡呢？」惠玲的出現，的確很奇妙。而她給我帶來的轉變，是難以完全用筆墨形容的。

- 以下兩段寫與惠玲友誼的發展與變化。
- 熱維他奶一直伴隨着我們，寒冷的心情被「開朗」、「樂觀」、「從容」所替代。

- 寫友情的發展。變與不變同樣寫出了友誼對「我」的重大影響。

因此我愈加珍惜這段珍貴的友誼。

可惜的是，隨着冬天過去，熱維他奶被人從便利店的貨架上換了下來，我和惠玲短暫而寶貴的友誼也因為惠玲隨家人移民加拿大而逐漸褪色了。雖然我們還通電郵、通信，但我們再也沒有一起喝着熱維他奶來互訴心聲了。

● 熱維他奶的消失代表了友誼的淡去。

這個冬天，便利店依舊售賣熱維他奶，但沒有惠玲的日子，熱維他奶彷彿變得不再溫暖。

● 熱維他奶不再溫暖，更添淡淡的感傷。
● 結尾回照開頭：物是而人非。

## 總評及寫作建議

本文以「熱維他奶」為題，實際上寫的是友情。

熱維他奶代表着朋友對「我」的熱心關懷，也是友情的見證，貫穿全文而為明線，友情卻成了暗線。維他奶的出現與消失，和友情的開始與結束同步，明線與暗線交織在一起，錯落有致。

全文佈局詳略得當，結構井然。小作者開篇採用倒敘手法，環境描寫很出色，寒冷的冬日，細雨濛濛，營造了清冷的氣氛，為後文奠定了感傷的情感基調。伴着奶香，往事再現：主體部分分別寫了友情的開始、發展和結局。二、三段寫「開始」，熱維他

奶的出現將寒冷驅散，對<u>惠玲</u>僅有的簡單動作與神態的描寫，卻讓人深切感受到朋友的關懷；第四段是小作者心情最亮麗的部分，友情的深入讓小作者內心的陰霾完全消逝；而第五段急轉直下，熱維他奶的消失暗示了友情的「褪色」，憂鬱重來。結尾部分沒有直接抒情，而仍舊以熱維他奶作「代言」寫失去朋友相伴後的感傷，含蓄雋永，耐人尋味。

總的說來，小作者很會利用間接抒情的方式，含蓄表達自己的情感。將情感傾瀉於敘事寫景中，以天氣之「冷」襯托心情之冷，以維他奶之「熱」寫友情之濃，以其「不再溫暖」寫友情的消散。

美中不足的是，在第四段，寫擁有熱維他奶與<u>惠玲</u>的日子，也是文中友情最濃的時候，但是小作者沒能選擇與熱維他奶相關的具體事件來寫，因此讀者對<u>惠玲</u>和熱維他奶的印象反而不如第三段深刻。如果能加強筆力，對於維他奶的「熱」度與友情的熱度進行詳細描寫，便可與第五段形成極大的反差，更能讓人體驗回味友情的美好，末尾的感傷味道會更動人。

# ② 開學日

學校：九龍塘宣道小學
年級：小六
作者：李慧行

**作文** ▶

　　我最喜歡的季節是秋天。喜歡它的清涼：每當一陣陣涼風吹過的時候，我都會感到很舒暢；也喜歡秋天的景色，看着一片片枯葉落下，那感覺十分寫意。可是，我更喜歡正值秋天、九月的開學日，為何這樣說？因為開學日意味着我又可以與老師、同學們見面了！

　　還記得我小學一年級的開學日，一切都是那麼的陌生：陌生的臉孔、陌生的環境……我背着書包，走進洗手間，一不小心掉下學生證。突然一個陌生的女生把它拾起來，然後遞到我面前。我謝了一聲，便連忙跟着其他不相識的同學

**點評** ▶

● 本段寫對秋天的喜愛。

● 運用對偶句式介紹秋天清涼和寫意，為後文喜歡「開學日」作鋪墊，行文非常自然。

● 段末這兩句的交代可以省略，這樣能更好地引發讀者閱讀興趣，到後文尋找答案。

● 本段寫小學一年級的開學日。

● 中心詞是「陌生」。運用排比與反覆的修辭，使得校園的「陌生」如迎面冷風直撲而來，讀者能深切地感受到小作者彼時彼地的緊張心情。

● 「突然」一詞使用不當，可刪去。

走去課室。在慈祥的老師作了自我介紹後，同學們便一個接一個地，輕鬆地介紹自己。我也鼓起勇氣，主動與同學們聊天。過了不久，「鈴鈴鈴……」

隨着歲月的流逝，我在這所學校已度過了六個開學日。每年的開學日都給我不同的感覺：低年級的時候，因為認識的人不多，所以，剛踏進課室時，都會感到緊張萬分；相反，到了高年級，認識的人多了，踏進課室時，自然充滿期待，盼望能跟熟稔的同學一起，並肩作戰。

● 本段描寫「我」對校園與師生的感覺，由陌生到熟悉，心情也經歷了從緊張到期盼的變化。

● 本段用對比手法寫小學階段的不同開學日帶來的感受。

現在，我已是個小學六年級生了，想到將不能再同這個「老朋友」一起迎接我的下一個開學日，真是百般滋味在心頭。暑假後，不知道在那「新相識」的校舍裏，會否經歷時光倒流：一切都是那麼的陌生……

● 即將離開小學，進入中學，留戀與期盼的複雜滋味盤旋心頭。

● 以省略號結尾，充滿對未來的期待，又包含一絲擔憂。

## 總評及寫作建議

　　文章主要寫了小作者小學的開學日，特別是一年級開學日所發生的事情。

　　本文取材於小作者的真實生活，開篇以對秋的讚美為鋪墊，行文親切自然。儘管只寫了「開學日」這一特殊的日子，但讀者感受到的卻是小作者對過去六年的小學生活的回憶，在選材方面可謂以小見大。任何人對新環境都會經歷由「陌生」而「熟悉」的過程，因「陌生」而「緊張」，因「熟悉」而「期盼」也是人之常情，因此在情感的表達上很能引起共鳴。　在佈局方面，小作者由小學一年級的開學日寫到小學階段其他的開學日，由點及面地展開敍述。在第一個開學日，敍述了小作者經歷的兩件事：學生證的掉落與師生的自我介紹。這兩件事都是由「陌生」而「熟悉」的過程的體現，應該是文章詳寫的內容，但是在這一段中，小作者均以粗筆帶過，缺少細節的描摹，因此讀者的感受比較淺。如果能將掉落學生證時與收回學生證後的心理活動描述出來，或許能將此遺憾稍作彌補。

　　在敍事時，同學們容易犯的錯誤是用敍述代替描寫，因此寫出來的文字是概要的交代，人是模糊的，事是簡約的，情感是籠統的。善加利用各種描寫手段會很好地解決這一問題。關鍵在於：寫出全過程，突出「畫面」感、「鏡頭」感。比如，寫第二段時，可以問問自己：為甚麼會掉落學生證？是否因為太緊張，關注的是周圍全不相識的人才會「一不小心」？當別人送還學生證時自己

怎麼想？看到老師時因為甚麼覺得他（她）很慈祥？同學們的自我介紹是如何「輕鬆」的？自己當時的心情如何？我是怎樣與別人開始聊天的？說過些甚麼話？是如何放鬆的？如果能有具體翔實的描寫，讀者也就會感同身受了。而本文如果第二段詳寫，恰好能與第三段的略寫彼此呼應，文章的結構也就更合理了。

# ③ 一年之計在於春

學校：九龍塘宣道小學
年級：小六
作者：符碧鈺

## 作文 ▶

　　我步出校園，一陣清風掠過，帶着絲絲的寒意，還有點點的暖意。冬天，乘着那陣風，逐漸離開；初春，乘着那陣風，逐漸步近。風再次緩緩吹過，輕柔、和暖，這次，沒有一絲的寒意。這是第一陣春風，是春姑娘溫柔的聲音，意味着春回大地。

　　第二天清晨，春暉照耀，我感到很溫暖。趁着初春，我與小芬相約在九龍公園寫生。起牀打點一切後，我便出門了。

　　「小芬，對不起！我又遲到了。」我氣喘吁吁地走到她身旁。剛到公園門口，已感覺到陣陣的春

## 點評 ▶

● 首段寫春「風」。
● 以對偶、疊詞寫早春的風：由寒轉暖。

● 以比喻手法寫春風是春姑娘的聲音。

● 二、三兩段過渡：交代小作者和朋友相約九龍公園寫生。
● 二段末句與主題無關，應刪去。

9

芳，叫人心境舒暢。「沒關係，我也是剛到的……美香？美香？」我被小芬喚回神來，剛才是被那春之氣息深深吸引住了：「不好意思，我們走吧！」小芬點點頭。我們手牽手，步進了那充滿生氣的世界。

- 本段末句總起下文。下文圍繞「充滿生氣」一詞寫在九龍公園所看到的景色。

我們先到「百鳥苑」去，那裏有數百種的雀鳥。可能是因為春天的來臨，雀鳥比平常更有朝氣，牠們都自滿地炫耀自己色彩斑斕的羽毛。當中，最耀眼奪目的，非孔雀莫屬了。孔雀開屏，像是在讚美這一片天空、大地，給花木扶疏的環境錦上添花，襯托着那兒的花棚、假石山和人造瀑布，更使「百鳥苑」顯得如詩如畫。被稱作「藝術公主」的我倆，已急不及待地取出畫冊和顏料，把這樣的美景和孔雀的一舉一動畫了下來。

- 第一寫「百鳥苑」。

- 由面到點再到面，突出其「朝氣」：先以擬人修辭總寫雀鳥，再單寫孔雀開屏，後總寫「百鳥苑」的美麗環境。本段多次運用成語：如「色彩斑斕」、「如詩如畫」、「急不及待」、「一舉一動」。

接着，我們去到旁邊的「鳥湖」。那兒有兩個湖，湖邊遍植花草樹木。陽光下，湖光瀲灩，顯得

- 第二寫「鳥湖」。

- 總寫環境，依舊點面結合寫各類水鳥，表現其「生機」。

閃閃生輝。成羣的水鳥，在湖面上跳着優雅的舞蹈。天鵝、野鴨、鴛鴦在水上暢泳，紅鸛則在岸上歇息；不論在水上、岸上，水鳥們各具美姿，目不暇給。春光明媚，草長鶯飛，這種自然的生態環境真是難得一見。如此生機盎然之景色，又怎能逃過我們的畫筆呢？

● 「顯得」一詞贅餘，應刪去，否則成病句。

● 「目不暇給」應前加「讓人」，否則該句因缺主語而成病句。

● 以反問句結束本段。

　　然後，我們來到「玫瑰花園」。那裏種植了數之不盡的花木，玫瑰佔了大多數。花上的露水，在陽光照耀下晶瑩剔透，閃閃發光；花兒們在嫩綠的葉子襯托下，顯得格外嬌艷。「牡丹雖好，也要綠葉扶持」，若沒有了綠葉的襯托，這些花朵怎能顯出艷麗？

● 第三寫「玫瑰花園」。

● 分別寫了玫瑰花、葉子與花上的露水。

● 借古語抒個人見解。

　　之後，我們到了「中國花園」。這裏是中國式庭園，涼亭、石景、瀑布和荷花池相互映襯。池裏的荷花在陽光下盛開着，散放出粉紅色的光芒。我和小芬坐在涼亭下，感受着芬芳的清風、碧綠的池

● 第四寫「中國花園」。

● 此處描寫有不實之處，荷花應在夏季開放。

水⋯⋯將這迷人的景色細細地描繪。

玩了一整天，該回家了。我倆坐在近出口的長椅上休息，欣賞着今天的畫作，有一種愉悅的滿足感。

● 過渡段：一天寫生活動結束。

「美香，看那邊！」那邊的山頭被春霧籠罩了，一片濛瀧，顯得很神祕。忽然有幾點水滴落在我的臉上，涼涼的，很是舒服。下雨了！我們慌忙找地方躲避。「那邊，美香！」我們跑到一棵大榕樹下，拿出手帕抹去雨水。這是今年第一場春雨，她滋潤了大地。春霧加上薄薄的雨簾，與剛才的世界截然不同了：雨絲風片，紛紅駭綠，這樣的春色，更加令人迷戀⋯⋯

● 本段寫第一場春雨。
● 「濛瀧」應為「朦朧」。

春，四季之首，萬物甦醒、茁壯成長的時期，風、雲、雨、霧、雷⋯⋯大自然的氣象一齊出現；春，生命之源，給萬物提供所有，「一年之計在於春」，過去的

● 總寫春天是四季之首，生命之源。
● 結尾段回扣題目，使用排比修辭法寫「春天」。

傷心、痛苦,讓春雨淨化吧,讓春
風吹散吧,讓春霧抹去吧;春,新
的開始,新的挑戰,新的希望。

## 總評及寫作建議

　　本文描寫的是充滿春日生機的九龍公園景色。

　　這是一篇寫景遊記,重在描寫春日遊覽過程。在主體部分,小作者以「遊蹤」為線索,分別寫了九龍公園裏的四處景點:「百鳥苑」、「鳥湖」、「玫瑰花園」和「中國花園」。對每處景點都作了詳略不同的描寫和敍述。

　　如果從一般的遊記文角度看,本文千多字,對於小學生來說很難得。小作者選材豐富,描寫細緻,用詞生動,寫得很不錯。尤其在語言上很有特色。詞彙量非常豐富,行文中使用了大量的成語,另外,不同修辭手法也時時出現。在寫景的記敍文中,這是難得的優點。

　　某些部分有文不對題的情況,小作者考慮不周,所以才有關於荷花開放的失實描寫。在謀篇佈局時,小作者對各個景點都分散筆墨,顯得重點不突出。如「百鳥苑」與「鳥湖」兩部分寫法與內容都有重複之感,完全可以合而為一,仍以點面結合的手法來寫。另外,開頭三段的介紹過渡也可以縮減。在行文中如果能提及與「過去的傷心、痛苦」相關的內容,結尾的「淨化」、「吹散」、「抹去」、「新的開始」、「新的挑戰」、「新的希望」就顯得更實在。

# ④ 秋天的海岸

學校：九龍塘宣道小學
年級：小六
作者：葉汶萱

**作文**

聽颯颯海風在耳邊吹動，看滔滔海浪在眼前翻滾。啊！秋天的海岸是多麼美麗！夜幕低垂，對岸的霓虹燈紛紛亮起，街道上的行人愈來愈多。啊！夜間的環境是多麼熱鬧！可惜，海岸邊就只有我一人在等候，在徘徊，在慨歎。

我正孤伶伶地等待爸媽的到來——爸爸工作繁重，媽媽則在尖沙咀的名店忙着購物，他們為了各自的「目標」而「奮鬥」，卻完全把我們的星期六聚會拋諸腦後。隨着時間一分一秒地過去，海岸景色在不斷變幻。

起初，我和爸媽約好了在下

**點評**

● 首段寫海岸景色的熱鬧美麗與「我」的孤獨。

● 運用疊詞、對偶修辭。

● 兩句感歎句可刪去，前文的描寫已經交代出「美麗」與「熱鬧」，此處再直接抒情多餘累贅。

● 交代「我」等候的原因。

● 第二段承上啟下，起過渡作用。

● 段末以時間為序寫海岸景色，引起下文。

● 「起初」，「烈日當空」之

午三時會合。當我已在烈日當空的海岸邊等候他們，他們卻說要把約會延遲，我只有靜靜地倚在海邊的欄杆旁。雖然太陽照得人睜不開眼，但它卻給人一種推動力，叫人們快快放下身上的重擔，放鬆一下、舒活舒活筋骨。海水來回奔騰，不斷沖擊着碼頭下的岩石，誓要衝破障礙，闖出一番新天地。我固然十分佩服它們不屈不撓的精神，但這可是個難以完成的任務。我可想嘲弄一下它們。

過了很久，爸爸說他需要開一個臨時會議，約會又被推遲了。我仰頭看天，猛烈的太陽看來已頗疲倦，它或許發覺自己把人們曬得透不過氣來，便收斂了刺眼的光線，向街上的行人微笑着。它讓人感到溫暖、舒服，也給我一種被人遺忘後所得的安慰。海浪在搖擺，與微微的海風奏成了一首交響曲。我坐在欄杆附近的長椅子上，仿如置身音樂廳裏，正欣賞一首漫長的

時，約會第一次被推延。

● 寫耀眼的陽光，起伏奔騰的海水。

● 以擬人手法寫海水，形象生動。

● 末句，宜將「想」改為「要」或「可」改為「真」，更符合搭配習慣。

● 「過了很久」，約會第二次推延。

● 運用擬人手法，寫「疲倦」而「溫暖」的太陽和輕柔的海浪、微微的海風。

● 「海浪」一句巧妙融合擬人和借喻手法。明寫「我」的心情轉為憂傷。

15

樂曲，節奏輕快的交響曲在我憂傷的心裏縈迴。

夕陽徐徐西下，天空一片暈紅，碧藍的海面與天空互相輝映，交織成一幅水彩畫。晚間的海岸涼颼颼的，微風輕吻着我的臉頰，像在鼓勵我要等待下去。這時，媽媽告訴我她看見一個漂亮的手提袋，要跟其他買家在一場小拍賣中競投，價高者得，約會的時間再次被押後了。

漆黑的天空裏，掛着彎彎的月亮。它就像一位仙子，溫柔地、默默地守護着大地。儘管月亮比街上的燈光暗淡，但它沒有因被世人遺忘而厭棄他們，仍對我們不離不棄。那我的爸媽呢？街上開始聚滿人羣，只有我獨自坐在一角。我以為自己被世間孤立了，眼淚撲簌簌地流下。在模糊中，我看見有兩個影子在我後面，對我說：「對不起。」

● 「夕陽徐徐西下」之時，約會第三次被延後。

● 以暗喻從視覺角度寫天空海面的色彩。

● 以比喻、擬人手法寫月亮，引起發人深省的聯想：遙遠黯淡的月亮沒有厭棄世人，可身邊最親近的人卻忽略了自己。

● 宜從「街上……」處另分一結束段，以總結全文。

## 總評及寫作建議 ▶

　　文章寫「我」在海岸邊等待父母時所看到的海岸景色與自己的心情。

　　以時間為序，從陽光猛烈的午後到月光皎皎的夜晚，「我」經歷了情感的由喜轉憂，海景也由熱鬧美麗轉向清冷孤寂。人常說「一切景語皆情語」，小作者最巧妙的處理便在於將自己的心情與海岸的景色融合起來，彼此交錯遞進，眼中所見與心中所感呈現出和諧一致的特點：

　　開篇之時，海景美麗，心情愉快；到第三段，「起初」的等待還停留在「雄心勃起」的階段，陽光與海浪都呈現出雄壯的一面，或猛烈，或奔騰；當父親推延約會時，「我」的心情憂傷，需要陽光、海浪和海風的撫慰；母親也推延了約會，則夕陽雖然美，卻又讓人感傷；直到熱鬧不再，只有月亮獨自掛在天上，小作者的心情再難保持平靜，流下淚來。每一次景色的描寫都暗藏着情感的波動。

　　此外，小作者運用多種手法寫海岸景色，如對偶、比喻、擬人的修辭，色彩的描繪和視覺、聽覺、觸覺的摹寫等，有些句子寫得非常生動，如：「海水在來回奔騰，不斷沖擊着碼頭下的岩石，誓要衝破障礙，闖出一番新天地」、「夕陽徐徐西下，一片暈紅，碧藍的海面與天空互相輝映，交織成一幅水彩畫。晚間的海岸涼颼颼的，微風輕吻着我的臉頰，像在鼓勵我要等待下去」。

## 5 春天的早上

學校：仁愛堂田家炳小學
年級：小四
作者：李嘉穎

**作文** ▶

　　星期天的早上我如常起牀，走近窗台一看⋯⋯啊！玻璃窗蒙上了一層薄薄的小水珠，外面薄霧瀰漫在天地之間。濕潤潤的寒意，一下子就浸入我的心裏。

　　從冷冰冰的窗台望出去，雨中的薄霧隱約在平台的樹梢上飄蕩着，正在和我「打招呼」呢！我迫不及待撐着雨傘尋找薄霧的蹤影。在春雨中，平台上的小草昂首挺胸，眉開眼笑；在春雨中，那些淺黃、粉紅色和白色的小花散發着一股清香，飄散在空氣中。

　　不久，雨停了，霧也散了。雨後的天空一碧如洗，透藍透亮。

**點評** ▶

● 首段寫星期日早上的天氣，扣主題，引起下文。

● 開頭寫小水珠、薄霧、寒意。視線由近而遠，感覺由外而內。「蒙」、「瀰漫」、「浸」三個動詞使用精當，與「濕潤潤」的形容呼應。

● 本段寫雨中的景色。

● 擬人手法寫薄霧，且「飄」字將雨霧的飄忽寫得很形象。

● 「昂首挺胸」、「眉開眼笑」形象地揭示了小草經春雨滋潤後的生機勃勃。以視覺角度寫小草，視覺、嗅覺角度寫小花。

● 三、四段寫雨後的景色。

● 重在一個「色」字。天

小草、花兒和樹木在陽光的照耀下，顯得格外翠綠和豔麗。這景色，好像一幅美麗的大自然風景畫。

空是碧藍的，樹木花草是「翠綠和豔麗」的。整體感覺是「春意盎然」。

放眼望去，遠處的山、房屋和公園都清楚地展現。美麗的鳥兒從樹枝上飛出來，為我們幸福的生活唱着動聽的歌兒。

● 本段雖未出現一個「雨」字，但遠處景色的清晰與鳥鳴都讓人感受到雨後的清新，與上段相映成趣。由之前的視覺轉向聽覺。

這個初春的早上，這樣地令人陶醉。它伴隨着我開始了新的一天和更加美好的生活。

● 點題，總收全文。

● 讚美初春的早上令人陶醉。

## 總評及寫作建議

本文寫出一個下雨的春天早晨清新美麗的景色。

不到四百字的文章卻顯現出小作者絕佳的寫作能力。開篇以薄薄的一層小水珠暗示下雨。第二自然段緊接着寫「雨中」，以擬人手法寫出雨霧、花草的活潑生動。三、四段對「雨後」的描寫尤其精彩。第三段直接寫雨後的天空等自然景色，讀來使人感覺自然恬靜，第四段暗寫雨後的空氣清新，而鳥語聲聲又體現出雨後萬物的蓬勃生機，而本段的「動」與第三段的「靜」交相輝映，營造出又一番春日的美景，恰與第二段的雨中之景相映襯。由此

自然引出結尾的「令人陶醉」、「新」、「美好」等感受。

　　結構上詳略得當，安排合宜，略寫雨中，詳寫雨後；語言上修辭手法運用自然嫻熟，行文簡潔流暢。整篇文章讀來自然清新，很有山水田園詩的味道。

　　如果小作者還能在仔細觀察與用心思考的基礎上，借鑑他人長處，努力寫出具有自己獨特感受的語句，相信作文會有更大進步。

# 作文加油站

## 詞彙寶盒

| | | | | | | | |
|---|---|---|---|---|---|---|---|
| 鬱悶 | 感染 | 從容 | 扶持 | 勉勵 | 褪色 | 清涼 | 舒暢 |
| 寫意 | 慈祥 | 熟稔 | 輕柔 | 和暖 | 晨曦 | 春暉 | 徘徊 |
| 慨歎 | 奔騰 | 沖擊 | 嘲弄 | 縈迴 | 守護 | 暗淡 | 厭棄 |
| 隱約 | 蹤影 | 瀰漫 | 飄蕩 | 樹梢 | 散發 | 翠綠 | 豔麗 |

陶醉　熱騰騰　孤伶伶　撲簌簌　濕潤潤　冷冰冰

綿綿細雨　開朗樂觀　氣喘吁吁　色彩斑斕　孔雀開屏

錦上添花　如詩如畫　急不及待　湖光瀲灩　閃閃生輝

目不暇給　春光明媚　草長鶯飛　生機盎然　數之不盡

雨絲風片　茁壯成長　拋諸腦後　眉開眼笑　一碧如洗

## 佳句摘賞

- 平台上的小草昂首挺胸，眉開眼笑；在春雨中，那些淺黃、粉紅色和白色的小花散發着一股清香，飄散在空氣中。

- 聽颯颯海風在耳邊吹動，看滔滔海浪在眼前翻滾。

- 海水在來回奔騰，不斷沖擊着碼頭下的岩石，誓要衝破障礙，闖出一番新天地。

- 猛烈的太陽看來已頗疲倦，它或許發覺自己把人們曬得透不過氣來，便收斂了刺眼的光線，向街上的行人微笑着。

### 寫作小錦囊

　　寫作時，運用想像力，把一些動物、植物或沒有生命的死物，寫成具有人類的思想、動作、情感，這種手法叫做「**擬人法**」。

　　擬人法是描寫時常用的修辭法，可使所描繪的景物變得生動活潑、充滿動感。同學平日要細心觀察不同事物的特點，多發揮想像，把事物跟人的言行、感受進行聯想，才能好好掌握這種修辭手法，在寫作文時適當運用出來。

1. 選詞填空：

| 徘徊 | 勉勵 | 濕潤潤 | 冷冰冰 |
|---|---|---|---|
| 錦上添花 | 拋諸腦後 | 數之不盡 | 叮叮咚咚 |

(1) 學校附近的建築地盤正在進行打樁工程，上課時經常傳來＿＿＿＿＿＿＿的聲音。

(2) 小明一直在教員室外＿＿＿＿＿＿＿，卻不進去，不曉得要找誰？

(3) 這副精妙的對聯掛在這富有氣派的廳堂，可謂＿＿＿＿＿＿＿＿＿＿＿。

(4) 老師經常＿＿＿＿＿＿＿我們要好好學習，不要偷懶。

(5) 嚴冬的寒風＿＿＿＿＿＿＿的，凍得路上的行人邊走邊發抖。

(6) 休假時，應該把工作的煩惱都＿＿＿＿＿＿＿，盡情放

鬆自己。

2. 下列哪個句子運用了「擬人」的修辭手法？

（A）弟弟一邊唱歌，一邊跳舞。

（B）老先生的臉色跟紙一樣白。

（C）春來了，小草偷偷地從土裏探出頭來。

（D）公園裏，樹葉在沙沙地響。

答案：＿＿＿＿＿＿

3. 續寫下列句子：

（A）老師走進課室，＿＿＿＿＿＿＿＿＿＿＿＿

＿＿＿＿＿＿＿＿＿＿＿＿＿。

（B）下雨了，媽媽＿＿＿＿＿＿＿＿＿＿＿＿＿

＿＿＿＿＿＿＿＿＿＿＿＿＿。

（C）一年之計在於春，＿＿＿＿＿＿＿＿＿＿＿

＿＿＿＿＿＿＿＿＿＿＿＿＿。

（D）我十分感謝＿＿＿＿＿＿＿＿＿＿＿＿＿＿

＿＿＿＿＿＿＿＿＿＿＿＿＿。

（E）我今天從電視裏看到＿＿＿＿＿＿＿＿＿＿

＿＿＿＿＿＿＿＿＿＿＿＿＿。

## 6 牧場逍遙記

學校：仁愛堂田家炳小學
年級：小四
作者：歐倩兒

**作文**

　　七歲那年的夏天，我和家人去了一個令我們印象深刻的地方。你猜猜那是甚麼地方？那裏就是<u>日本</u>的<u>牧場度假營</u>。

　　進入牧場，一大片綠油油的草地展現在我們眼前，<u>像是大地上鋪的一塊濃密而柔軟的地毯</u>。草地的周圍，插着一根根木樁，木樁間橫向平衡地釘上兩排木板當欄杆，上面全部刷上乳白色的油漆。草地的盡頭是一排木造的房舍，它們中有的是乳牛的家，有的是度假屋。房舍的外牆是乳白色的，屋頂是紅色的，放眼遠望，<u>仿如綠草裏點綴着紅色和白色，顯得十分耀眼</u>。

**點評**

● 設問開頭，引出牧場度假營。

● 本段主要寫牧場的草地和房舍。

● 量詞使用準確。以比喻修辭寫草地，從視覺角度寫牧場的色彩。

● 此處是病句，可改為「點綴着一朵朵紅白色的漂亮蘑菇」（主語是「房舍」），刪去「顯得」。

我們幸運地趕上了「餵小牛」的活動。大約有五十頭小牛從房舍放出來，牠們爭先恐後地向我們奔跑過來。我們拿起大奶瓶，隔着欄杆餵小牛喝奶。每個奶瓶旁擠着兩至三頭小牛，牠們一副又飢餓又口渴的模樣，大口大口的吸着奶嘴，發出「嘖嘖」響聲。沒喝到的小牛會輕輕用頭撞去正在享用牛奶的小伙伴，真是妙不可言。

● 本段寫在牧場餵小牛的活動。

順着草地旁的坡道往上走，有一座「香草植物園」，各式各樣的香草植物夾道栽種，仔細嗅一嗅，我覺得，有的不怎樣香，有的清香淡淡，有的香氣濃郁。

● 本段寫「香草植物園」。

● 運用排比修辭法。

這幅美麗的風景圖畫，深深地印在我的腦海裏。我明白到一定要好好愛護大自然，希望下次再來的時候，我們仍能看見那些綠油油的小草、精緻的小白屋、可愛的小牛及芬芳的香草。

● 結尾點出自己的希望。

● 以暗喻總結上文；「印」字使用得當。感悟作結，並回扣前文。

## 總評及寫作建議

　　本文的題目是《牧場逍遙記》，主要寫了<u>日本牧場度假營</u>的景色和小作者在那裏的活動。

　　但是對於題目中「逍遙」二字的表現卻很不夠，或許小作者在定題時未曾考慮周詳。如果說「眼睛是心靈的窗戶」，那標題就是文章的「眼睛」。所以擬題應該慎重，好題目一定讓讀者眼前一亮，甚至可以捕捉到文章的大部分內容或中心主題。可將題目改為「牧場印象記」。

　　從佈局方面看，小作者以遊蹤為線索，精心選擇了自己印象深刻的內容來寫。因為畢竟是過去的一次旅行，很多內容是從記憶中提取的。第二段的描寫突出了牧場特有的「草原」風光，讓人神往，第三段是遊客們喜歡的互動節目，作者對小牛們的神態動作等都有描繪，比較生動。不過，若能對「搶奶嘴」的小插曲進行更詳細的描寫，也許對「妙」字的表現會更好。比如：那被搶走奶嘴的小牛有何反應？周圍的遊客們又是怎麼評論的？餵小牛的人們又是怎麼做的？為甚麼有的小牛不來搶奶嘴？有無導遊的解說呢？第四段用排比寫出了香草園的「香」。二、三段詳寫，第四段略寫，二、四段寫的是靜物，第三段寫的是動物，小作者的詳略安排很得當。難得與大自然能夠如此親密接觸，當然感慨就產生了，文章的結尾非常自然，巧妙地將前面所寫的內容貫穿起來。

# ⑦ 朗誦比賽

學校：仁愛堂田家炳小學
年級：小五
作者：姚瑤

**作文** ▶

    星期三早上，微涼的秋風輕拂我的髮梢，金黃色的落葉隨着秋風翩然起舞，可我卻沒有心情去欣賞這怡人的景色，因為我正趕着參加校際普通話朗誦比賽。

    到了比賽現場，我的心瘋了一樣地亂跳，我趕緊找個位置坐下，以「心亂如麻」來形容我的心情，最合適不過了。

    比賽開始了，參賽者一個接一個上台朗誦，有些同學表現出色，聲音抑揚頓挫，聲情並茂，朗誦得十分精彩。其中一位參賽者表演過後，現場掌聲如雷，連評判也不禁對着她暗暗點頭微笑。終於

**點評** ▶

● 開篇寫景，反襯心情。

● 景色怡人，但內心緊張。並開門見山，交代緊張的緣由。

● 直接寫緊張慌亂的心情。

● 寫參加朗誦比賽的過程。

● 運用正面和側面描寫表現其他同學的表演，以此反襯「我」的緊張心情。

輪到了我，我緊張極了，心怦怦跳動，手心也冒汗了，但我仍然裝出一副鎮定自若的樣子走到台上，深深鞠了躬，再回想老師的指導，深呼吸一下，以清脆悅耳的聲音朗誦起來。當我表達快樂的時候就讀得輕快一點，微笑一下；表達悲傷的時候就慢慢地讀出來，聲音低沉一點。我使出渾身解數，好不容易才把詩朗誦好。

雖然在這次比賽中我未得到任何獎項，但卻獲益良多，我一直為自己能講標準的普通話而自豪，可是一到現場，卻深深體會到甚麼是「一山還有一山高」！

- 描寫表現「我」緊張的細節。
- 表演過程中的動作描寫生動，如：「走」、「鞠了躬」、「深呼吸一下」、「微笑」、「慢慢地讀」等。

- 總結：從小事中悟得的道理——人外有人，天外有天。

## 💡 總評及寫作建議

本文主要是寫小作者參加校際普通話朗誦比賽活動的全過程。

美麗的秋景並不能讓「我」放鬆，小作者使用反襯的寫作手法，在開頭便渲染出緊張的氣氛。隨着時間的推移，比賽時間一

點點臨近了。從等待比賽的開始到觀看其他選手的表演，小作者始終不忘將緊張的心情展現在讀者面前，讓人跟着她一起不安，一起冒汗。

第三段比較精彩，對整個朗誦的場面進行了具體的描寫。寫參賽者的表現，寫觀眾的掌聲，寫評判的微笑，觀察非常仔細，給讀者帶來身臨其境的感受。在內容上，略寫其他同學的表演，詳寫自己的心理活動和動作，將自己的參賽經歷寫得很真實。

結尾體現了小作者的樂觀與睿智。一般來說，失利而沮喪或難過是正常的表現，小作者卻能從失利中看到收穫，提出與眾不同的見解，實屬難得。的確，「一山還有一山高」是每個人都應知曉的道理。

# 8 寒冷的冬天，溫暖的心

學校：仁愛堂田家炳小學
年級：小五
作者：符韻淇

## 作文 ▶

你可曾試過，在冬日攝氏十度的低溫下，穿着薄薄的襯衫，頂着狂風，心仍是溫暖的嗎？

那天是仁愛堂田家炳小學的十周年校慶晚會，我是當晚「創藝組」的表演成員之一。下午五時多，我已回到學校作好一切準備，等待晚會的開始。我們一百多人，魚貫地走到操場上靜靜等候。可是不知為何，那天晚上的風特別大，無情的狂風一次又一次給我耳光，把我們早已梳得貼貼服服的頭髮都吹亂了！

站在台下等候，把本來心情輕鬆的同學也吹得緊張起來。天氣

## 點評 ▶

● 開篇點題：「寒冷」與「溫暖」。

● 用設問引出下文。

● 交代事由：校慶晚會。

● 在寒風中等待上台表演，「無情的狂風」寫出冬日的寒冷。

● 本段寫在大風中等待的「冷」與老師關愛的「暖」。

實在太冷了，我們的身體也開始不受控地<u>震抖</u>。老師體貼地給我們每人一個暖包，我們頓時感到無限的溫暖。

● 改「震抖」為「顫抖」或「抖顫」。

　　上一個節目終於完結了，觀眾的掌聲如雷，我們飛快地跑到舞台旁準備上台。不久，鼓聲又響起了，「創藝組」的成員伴着節奏逐一出場。我站在台上，被刺眼的燈光照射着，台下的每一張臉都看不清楚，剛好可以<u>專心一致</u>地投入表演。我左手拿着鐵罐，右手拿着鼓棍有節奏地敲打着，<u>我們心裏的興奮早已擊敗了寒風</u>。

● 本段寫在台上表演。

● 改「專心一致」為「專心一志」或「專心致志」。

● 擬人手法寫「心裏的興奮」早已「擊敗」了寒風。

　　<u>是次表演十分順利，我們都發揮出了最好的水平</u>。最後，校監和校長站在台上舉行切餅儀式，大家一面唱着生日歌，一面揮動手中的小型燈泡，切餅儀式在一片<u>悠揚的歌聲</u>中圓滿結束。

● 本段寫切餅儀式。

● 首句應歸上段。

● 悠揚的歌聲一定會帶給人溫暖的感覺。

　　雖然那天的天氣冷得無法形容，但我的心還是感到無比的溫暖！

● 結尾回應主題。

## 總評及寫作建議

　　本文寫的是冬日裏的一次校慶演出。

　　這是一篇記事的記敍文，小作者選擇了三件事來寫，第一件事是冷風中的等待，第二件事是在台上表演，第三件事是切餅儀式。從題目「寒冷的冬日，溫暖的心」來看，作者在主體的每部分都寫出了冬日的「冷」和心裏的「暖」，但是各部分帶給讀者的感受卻不盡相同。

　　第二、三段中，小作者圍繞中心，直接寫出等待演出時感受到寒風的「冷」與老師關愛所帶來的「暖」。

　　第四段，能帶來暖意的是觀眾的掌聲和內心的興奮，以及表演的成功。但小作者僅僅按照演出的程序來交代事情的發展，卻未能緊扣「寒冷」與「溫暖」的主題去剪裁材料，沒有像第三段中將「冷」與「暖」的矛盾和統一寫出來。從文章中可看出，舞台應該是露天的，因此在台上演出時也是冒着寒風的，那麼如果先寫內心的興奮，再寫賣力的演出，寫出「我們心裏的興奮早已擊敗了寒風」，再寫表演的順利完成和觀眾的掌聲，是否內心的溫暖更能驅散寒冷呢？

　　第五段中寫到了切餅儀式，不用猜這一定是最讓觀眾們興奮的環節。當悠揚的歌聲在空曠的操場上空響起，當各色的小燈泡在黑夜裏閃亮，想到學校的過往歷史，人人心中自然都會湧動着暖流。而小作者若能用各種修辭手段對當時的場面進行點面結合的細緻描寫，讀者的溫暖感受會更深切。

# ⑨ 春媽媽的四個小姑娘

學校：弘立書院
年級：小一
作者：李丞鎮

**作文** ▸

**點評** ▸

　　春媽媽回來了，帶來了四個淘氣的小姑娘。

　　草姑娘天天搖着身體做體操；

　　花姑娘天天露着笑臉，參加時裝表演；

　　樹姑娘天天張開雙臂，跳着迎春舞；

　　露珠姑娘聽着笑話，笑出了眼淚。

　　啊，春天回來了。

　　春媽媽帶來了四個活潑的小姑娘。

● 運用排比、擬人修辭法，細緻生動地描寫「四個小姑娘」的動作神態。

**總評及寫作建議**

　　這首新體詩描寫了春回大地的自然景象。

　　作為一年級的小學生，能寫出這樣的文字非常難得。

　　小作者很有想像力，先把草、花、樹、露比成四個淘氣的小姑娘，再分別寫這四個「小姑娘」的活潑舉動，在運用排比、擬人修辭的時候，巧妙融合了草、花、樹、露珠的天然特性，因此，語句顯得自然貼切，讓讀者感受到春天來臨時，自然界中萬物勃發的動人景象。

　　另外，在結構上，主體部分的四句排列整齊，首尾的「春媽媽」與「春天」、「淘氣的小姑娘」與「活潑的小姑娘」只在語詞上有些微改變，造成首尾呼應的效果，運用了詩歌中的迴環寫作技巧，如果能注意押韻則更完美。

# ⑩ 我喜歡的冬天

學校：弘立書院
年級：小二
作者：邱鈺期

**作文**

　　冬天，對我來說，不是寒冷的季節。這是因為，首先冬天裏有我的生日，還有聖誕節和新年。這些日子我都會收到許多禮物，<u>特別是生日</u>。

　　其次，放寒假我會去<u>美國</u>探望堂姐<u>邱天</u>和堂妹<u>邱元</u>。我會和她們玩幾天，過過<u>美國</u>生活，才回<u>中國</u>。

　　最讓我興奮的是新年。那時，我的堂哥會從<u>廣州</u>來到我們在<u>深圳</u>的家，我倆可以看電視到凌晨兩點半；可以去各種風味的酒樓品嚐各式美食；可以一邊幫媽媽裝飾桃樹，<u>一邊美滋滋的想着：樹上的</u>

**點評**

● 開頭寫「我」喜歡冬天的第一個原因：能夠收到禮物。

● 末句有語病，應改為「特別是生日的時候」。

● 第二個原因：可以去美國探望堂姐妹，和她們一起玩耍。

● 第三個原因：在新年時能享受到節日的樂趣，並一一列舉。

● 生動的心理活動描寫。

利是將來都是我的。最開心的莫過於收到長輩們大大小小的利是和新年的祝福。

● 尾段直接表達對冬天的喜愛。

我最喜愛冬天了。

## 總評及寫作建議

本文簡明扼要地敍述了小作者喜愛冬天的原因。

寒冷的冬天因為各種理由而變得可愛起來：各種美食、禮物與祝福、還有親情的溫暖、玩樂的自由。相信每一位「大」讀者讀到可愛的小作者的心聲都會情不自禁地展開笑容，小作者用質樸純真的語言給我們描繪了一個值得期待的冬天。

本文最大的優點就是小作者純真的心靈和質樸話語。二年級的小學生的生活世界裏最美好的一切似乎在這個冬天都能實現。當讀到「過過美國生活」、「我們可以看電視到凌晨兩點半」、「可以一邊幫媽媽裝飾桃樹，一邊美滋滋的想着：樹上的利是將來都是我的」時，一個天真可愛又有些幽默的孩童躍然紙上。所以，我們有甚麼理由不相信「冬天，對我來說，不是寒冷的季節」呢？

也許二年級的小學生還不具備詳細敍事的能力，但是從文章結構看，小作者已經注意到了詳略的安排，而且層次清晰。在列舉新年的快樂時也有條有理，思路非常清晰。

## 作文加油站

### 詞彙寶盒

| | | | | | | | |
|---|---|---|---|---|---|---|---|
| 濃密 | 柔軟 | 平衡 | 點綴 | 耀眼 | 精緻 | 芬芳 | 髮梢 |
| 怡人 | 輕拂 | 低沉 | 魚貫 | 震抖 | 體貼 | 刺眼 | 興奮 |
| 悠揚 | 淘氣 | 活潑 | 探望 | 品嚐 | 裝飾 | 祝福 | 迎春 |
| 綠油油 | 美滋滋 | 印象深刻 | 爭先恐後 | 夾道栽種 |
| 清香淡淡 | 香氣濃郁 | 翩然起舞 | 心亂如麻 | 抑揚頓挫 |
| 聲情並茂 | 貼貼服服 | 掌聲如雷 | 鎮定自若 | 清脆悅耳 |
| 渾身解數 | 獲益良多 | 專心一致 | 圓滿結束 | 張開雙臂 |

### 佳句摘賞

- 一大片綠油油的草地展現在眼前，像是大地鋪上的一塊濃密而柔軟的地毯。

- 這幅美麗的風景圖畫，深深地印在我的腦海裏。

- 希望下次再來的時候，我們仍能看見那些綠油油的小草、精緻的小白屋、可愛的小牛及芬芳的香草。

- 微涼的秋風輕拂我的髮梢，金黃色的落葉隨着秋風翩然起舞。

- 參賽者一個接一個上台朗誦，有些同學表現出色，聲音抑揚頓挫，聲情並茂，朗誦得十分精彩。

- 我緊張極了，心怦怦跳動，手心也冒汗了，但我仍然裝出一副鎮定自若的樣子走到台上。

- 當我表達快樂的時候就讀得輕快一點，微笑一下；表達悲傷的時候就慢慢地讀出來，聲音低沉一點。

- 樹姑娘天天張開雙臂，跳着迎春舞。

- 露珠姑娘聽着笑話，笑出了眼淚。

- 一邊幫媽媽裝飾桃樹，一邊美滋滋的想着：樹上的利是將來都是我的。

**寫作小錦囊**

　　在並無疑問之處，故意提出問題，然後自己回答，以引起注意、思考和重視的修辭手法，叫「**設問**」。

　　設問在語言表達中有多方面的作用。它一般是設置在回答問題、描寫事物，特別是闡述觀點和論述事之前的明知故問，以引發他人的思考、喚起別人渴求答案的強烈願望，為後文的描寫、敍述、闡發或論說創造有利的語境和氛圍。設問有多種形式，常見的有單次設問和連續設問兩種。

**1. 選詞填空：**

淘氣　　　活潑　　　　體貼　　　　怡人

綠油油　　鎮定自若　　悶悶不樂　　掌聲如雷

(1) ＿＿＿＿＿＿＿的春風輕拂我的髮梢，更帶來陣陣花香。

(2) 幾個男孩子在不遠處＿＿＿＿＿的草坪上快活地踢着足球。

(3) 台上的歌唱家精彩的演唱過後，台下＿＿＿＿＿＿＿。

(4) 媽媽總是＿＿＿＿＿＿＿入微地照顧着全家人的飲食起居。

(5) 受過嚴格訓練的消防員在火災發生時總能＿＿＿＿＿＿，

及時救出傷者和被困者。

(6) ＿＿＿＿＿＿＿的小弟弟趁着在家時無人看管，把家裏弄

得亂七八糟。

**2. 下列哪個句子運用了「設問」的修辭手法？**

（A）這個世界究竟有甚麼是恆久不變的？人有甚麼是值得認

真的呢？

（B）你知道中國的國寶是甚麼動物嗎？牠就是熊貓。

（C）你看得出我每天只睡一個小時嗎？

（D）為甚麼要一做再做？到底還要做多少次你才滿意？

答案：＿＿＿＿＿＿

3. 續寫下列句子：

（A）那年夏天，我和家人＿＿＿＿＿＿＿＿＿＿＿＿＿

＿＿＿＿＿＿＿＿＿＿＿＿＿＿＿。

（B）比賽開始了，＿＿＿＿＿＿＿＿＿＿＿＿＿＿＿＿

＿＿＿＿＿＿＿＿＿＿＿＿＿＿＿。

（C）在今天的活動中，我深深體會到＿＿＿＿＿＿＿＿

＿＿＿＿＿＿＿＿＿＿＿＿＿＿＿。

（D）樹姑娘天天張開雙臂，＿＿＿＿＿＿＿＿＿＿＿＿

＿＿＿＿＿＿＿＿＿＿＿＿＿＿＿。

（E）露珠姑娘聽着笑話，＿＿＿＿＿＿＿＿＿＿＿＿＿

＿＿＿＿＿＿＿＿＿＿＿＿＿＿＿。

# 11 威士樂的冬天

學校：弘立書院
年級：小四
作者：吳欣鍵

## 作文 ▶

　　每年的冬天我都會去<u>加拿大</u>的<u>威士樂</u>滑雪。<u>威士樂</u>在<u>溫哥華</u>的北部，從<u>溫哥華</u>坐車去只需兩個小時。沿途的景色很迷人，公路左邊是一望無際的海景，右邊是冰天雪地的山景。

　　<u>加拿大</u>的雪景很特別，山上蓋滿了厚厚的雪，山頂就像穿上了一件雪白的羽絨衣，起伏的羣山，有的像老人，有的像白兔，有的像白髮蒼蒼的仙人，有的像幾個小朋友手拉着手，形態萬千。我大喊：「<u>威士樂</u>，你好！我又來了。」羣山快樂地回應：「來了，來了，來了……」我開心地笑了，羣山也笑了。

## 點評 ▶

● 首段交代<u>威士樂</u>的地理位置和沿途風光。

● 對偶句。

● 本段寫<u>威士樂</u>冰天雪地的山景。

● 用比喻修辭和「有的……有的……」的句式列舉了形態萬千的雪山。

● 以擬人修辭寫羣山的回應。

我穿上滑雪裝，走在像鋪了厚厚麵粉的雪地上，看見四周都是掛滿冰花的樹林，天空就好像完全沒有污染的天堂，感覺自己的身心都被這裏的空氣洗得乾乾淨淨，舒服極了。

- 本段寫雪地、山上的樹林、潔淨天空及空氣。
- 將雪比作麵粉。

因此，我愛威士樂，每年冬天都會去那裏滑雪。

- 結尾直接抒情，表達對威士樂冬天的喜愛。

## 總評及寫作建議

本文題為「威士樂的冬天」，在內容上主要寫的是威士樂的雪景。

第二段集中描寫了雪山的景色。第三段寫滑雪場的環境，尤其寫出了天空和空氣的潔淨，讓人禁不住神往。

從開頭看，威士樂的冬天讓小作者喜歡在於可以到那裏滑雪。因此讀完第三段，讓人有種意猶未盡的感覺。如果能添加有關滑雪的趣事，也許威士樂的冬天對讀者來說會有更大的吸引力。而這應該是小作者所熟悉的內容，一定有可挖掘的材料。那麼，「威士樂的冬天」將不僅僅是自然的冰雪世界，還將是帶給我們愉悅感受的快樂世界。只有這樣，小作者的話「因此，我愛威士樂，每年冬天都會去那裏滑雪」才能引起讀者共鳴。

# 12 萬聖節

學校：九龍塘宣道小學
年級：小四
作者：梁懿晴

**作文** ▶

    每年接近十月三十一日時，我都無比興奮，因為知道萬聖節快來了。我心裏想着「我會扮演甚麼怪物？」和「這次會拿到多少糖果呢？」

    今年，我第一次和表哥一起過萬聖節，感到特別高興。

    晚餐後我們穿起萬聖節的服裝，拿起南瓜籃，準備出去向各家各戶敲門要糖果。我扮演一位士兵，包了一條頭巾和桅杆，穿着黑色褲子和衣服，打扮很恐怖。我們歡天喜地的開始遊大廈要糖果。

    我們向多戶人家敲門，但是不是每一家都歡迎我們。有一戶人

**點評** ▶

● 首段開門見山，直接入題。

● 以問句引起讀者閱讀興趣。

● 第二段過渡。

● 寫穿萬聖節的服裝。

●「包了一條頭巾和桅杆」的表述不清晰，怎麼包的？穿着如何恐怖？

● 寫要糖果的過程。
● 只寫了不歡迎的人家。

家房子漆黑一片，一點光都沒有。只有弟弟敢去敲門。他一開門嚇到我們提心吊膽！開門的老爺爺用可怕的聲音說：「你們趕快走吧！我不歡迎你們來！」說完他就立刻關上了門。

給糖果的家庭是怎麼對待「我們」的？

● 「他」指代不清，明明是弟弟，怎麼能開門？跟後面的老爺爺混淆了。

回到家，我們的南瓜籃已經裝滿了各種各樣的糖果，包括軟糖、巧克力等。雖然有心愛的糖果，但是我不太開心，因為我從報紙上得知這些糖可能有三聚氰胺。我趕緊去問媽媽，媽媽一聽便笑了，說：「傻孩子，這些糖根本沒有三聚氰胺！要是有的話，你要吃很多才生病啊！其實你應該先留心你的牙齒！」大家都笑起來了。

● 本段寫回家後，對要來的糖果起疑問。

● 由萬聖節寫到社會事件，看來是隨意的一筆，但卻讓讀者看到三聚氰胺事件的深遠影響。

這次的萬聖節真好玩！希望明年也一樣好玩！

● 直接抒情結尾。

## 總評及寫作建議

　　本文主要寫了萬聖節一日的活動。

　　萬聖節是小孩子們喜歡的節日之一，原因正與小作者開頭的疑問相關：穿甚麼奇怪的衣服？能要到多少糖果？因此行文應該重點寫這兩點。

　　在寫敍事的記敍文時，同學們往往只注意把事情的過程交代出來，對於哪裏該詳細重點描述，哪裏該約略簡述把握得不好，常以敍述代替了描寫，所以對於「細節」的關注不夠，不能讓自己的描述像畫畫一樣把過程畫下來，三言兩語的簡單敍述也就難以吸引讀者的注意力。第三段對服飾的描寫完全可以運用直接描寫和間接描寫相結合的方法，抓住「恐怖」這一點大做文章，進行仔細的描摹。比方說，頭上戴着甚麼？臉上畫了些甚麼？身上揣着甚麼？手裏拿着甚麼？怎麼看起來恐怖？嚇到家裏甚麼人？等等。

　　第四段寫要糖果的過程。開篇的問題是：能要到多少糖果？所以應把要到糖果的過程寫一寫，再來寫過程中特別的經歷——萬聖節的小鬼竟然被嚇到了，就更完整了。

# ⑬ 秋

> 學校：協恩中學附屬小學
> 年級：小五
> 作者：方曉欣

## 作文 ▼

　　我幽幽地坐在那張破舊的椅子上，仰望着窗外那片藍得毫無保留的天。我站了起來，一拐一拐地拐到窗前，凝視着那棵雄壯的大樹。儘管大樹已經老了，但它仍不屈不撓堅挺地站立着。

　　葉，一片片地掉了下來，發出了「唦唦」的聲音；涼風颯颯，我不禁打了個寒抖。

　　曾幾何時，媽媽在這棵大樹下教我繡花；曾幾何時，爸爸在這棵大樹下跟我們揮手道別，到外地公幹；曾幾何時，爺爺在這棵大樹下教我做人……

## 點評 ▼

● 以老樹開篇，暗示老人。

● 「毫無保留」寫出了天空的廣闊無垠。

● 用「幽幽地」、「一拐一拐地」、「凝視」等詞語對「我」的神情動作進行描寫，很細緻。

● 過渡段。

● 寫葉子烘托「我」的心情。

● 三、四、五段倒敍，簡敍過去在樹下的溫馨生活。

曾幾何時，我也站在這棵大樹下牽着兒女們的手，給他們講故事。可是，他們都已離鄉遠去，有的已成了家。而我呢？曾經看着兒女們成長，天天都陪伴他們，就算自己的腰再酸，<u>也會堅持走到校門，親自緊捉着他們的小手</u>；就算再累，我每日都會給兒女們熬出最香的花膠湯。

● 寫過去「我」與子女們在一起，而今卻孤身一人。

● 改為「也會親自緊捉着他們的小手，每日堅持送他們到校門口」。

全因為他們曾經跟我說過：「媽媽，我喜歡喝你熬的花膠湯。」

● 以孩子的語言表明孩子們對「我」的依賴。

萬萬想不到，如今，我已一頭霜花，他們卻沒有陪伴我。我長歎了一口氣。

● 這兩段寫出獨居老人的悲哀和淒涼。

天色已漸漸變暗了。幾隻鳥兒拍着翅膀，慢慢地掠過天空。牠們並沒有喳喳叫，反而發出教人哀傷的聲音。鄰近的房子傳來嬰兒的哭聲，死寂的大海上又響起了船隻的哀號，路邊的落葉枯黃，這些情景令人感到無比的淒涼。

● 寫周圍淒涼沉鬱的環境，烘托人物沉重的心情。從色彩、形態、聲音角度寫四周的沉寂，動與靜結合反映人物內心。

　　究竟甚麼才叫做充滿希望的世界呢？世間還有盼與望嗎？人活着還有意義嗎？親人都離開我了，只有我一個人迎接秋的來臨。算了，我這把老骨頭在他們心目中又有甚麼價值呢？還是繼續過孤獨老人的生活吧！

● 本段寫出老人內心的絕望與無奈。
● 模擬老人的心理發出疑問。

　　秋，永遠是一篇悲傷的樂章。

● 暗喻秋的悲傷，亦即遲暮之人的悲涼。

## 總評及寫作建議

　　本文透過描寫獨居老人的心理活動，將老人孤獨和悲涼的狀況寫了出來。

　　小作者將一位暮年的孤居老人的內心世界刻畫得絲絲入扣，實屬難能可貴。以老人直接的內心獨白串起全文，其中倒敍的手法運用巧妙，藉秋風吹落樹葉勾起回憶，從自我成長的歷程到過往撫育子女的艱辛，從溫暖的親情環抱到兒女們四散離家。當年的人和事都已不在，然而大樹挺立依舊。物是人非的淒涼感傷油然而生。

　　同時，對老人內心孤苦的表現還藉了景物描寫的烘托，尤其是倒數第三段的環境描寫非常精彩，「幾隻鳥兒拍着翅膀，慢慢地

掠過天空」中「慢慢地」將老人視線的緩慢與內心的沉重表現得淋漓盡致。

　　作為小學生能夠如此老到地描摹表現自己並不熟悉的生活，非常不易，或者源於對生活的仔細觀察，或者是因為通過自行閱讀、與人交流等途徑拓展了自己的人生體驗。這篇文章的嘗試很成功。

# 14 我最難忘的一夜

學校：協恩中學附屬小學
年級：小五
作者：蘇諾瑤

**作文**

年初二的晚上，香港的市民都殷切期待着一項新年活動——煙火匯演。以前，我們一家人都是從電視熒幕欣賞這項活動，其實我一直期待有一天能親身體驗到現場的氣氛，今年，我的願望終於實現了！

爸爸媽媽終於答應在今年的年初二晚上帶我到維多利亞港現場觀賞煙火表演，這一次的體驗令我十分興奮。還未到傍晚六時，維港海岸已經人山人海了，他們當中有外國遊客，有情侶；有的扶老攜幼，有的還帶寵物來一同欣賞呢！我們幾經辛苦，才勉強找到一個觀賞位置。來觀賞煙火的人們或開

**點評**

● 首段先寫全港市民的共同期待和「我的願望」。

● 寫以前通過電視觀看匯演，以此來為下文的煙火匯演作鋪墊，暗寫「難忘」的原因。

● 本段寫維港觀看煙火匯演的人羣。

● 寫現場熱鬧的場景，從動作和表情寫人們的期待，進一步引起讀者的興趣。

談，或說笑，甚或手舞足蹈，每個人臉上均流露着喜悅，每個人都凝視着維港的上空。他們只有一個目的，就是等待漫天煙火綻放的精彩時刻！

煙火匯演開始了，我們都顯得非常雀躍。在漆黑的夜空中綻放的煙火耀眼奪目、形色各異，有的像菊花、四葉草，有的像銀河、小彗星，有序地交替出現，讓人目不暇給。璀璨的煙火令觀眾放聲歡呼。

- 本段正式寫煙火匯演。
- 「顯得」和「雀躍」搭配不當。可改為「人們歡呼雀躍起來」。
- 用比喻寫煙火的「形」。

接下來是第二幕的煙火表演。煙火的形式可真是包羅萬象，有的像燈籠，有的像金魚，還有的像風箏。其中一些精彩獨特的形態是我以前從未看過的，例如：一串串可懸浮在空中很久不墜落的金柳式煙火；還有一幕，天空中出現了「中國心」三個字！「太美了！」「美極了！」「太壯觀了！」這些讚歎的話在觀眾的口中一直沒有停止過。

- 本段寫第二幕煙火表演。
- 依然用比喻寫煙火的「形」。

- 由面而點，由直接寫煙火到由觀眾語言間接寫煙火。

最後一幕煙火表演，隨着洶湧澎湃的爆炸聲而圓滿結束，全場掌聲雷動。大部分觀眾仍覺得意猶未盡而不願離去。過了很久，人潮才陸續散去；而我的心卻仍然停留在煙火匯演中，回味着當時一幕幕的情景。這真是我最難忘的煙火匯演啊！

● 寫觀看煙火後的觀眾反應及自我感受。

● 此處形容不當，可改為「此起彼伏的爆炸聲」。

## 總評及寫作建議

本文寫的是一次令人難忘的煙火匯演。

小作者開篇進行了層層鋪墊，寫全港市民的期待，寫自己的期待，再寫現場觀眾的等待。讀者的胃口被高高吊起，緊接着對煙火匯演的描寫卻稍有欠缺。

儘管小作者也從直接和間接的角度，由面及點地寫出了煙火匯演的精彩，但是在直接描寫的時候，雖然也使用了比喻，然而只是從「形」這一個角度去寫，顯得單調。試想，除了「形」，還應有「色」和「聲」。小作者只用「形色各異」、「洶湧澎湃的爆炸聲」就一筆帶過，很是可惜。

不妨想一想：煙火都有甚麼顏色？那些顏色都與甚麼形狀搭配在一起？聲音是尖銳刺耳的嘯音，還是驚天動地的鈍響？因

此，原本過於簡單的比喻句就可以這樣寫了：有的像大朵大朵的黃色菊花綻放在黑色的夜空，也有的只是一片片四葉草葉，在夜幕中冉冉升起，有的彎彎曲曲，瑩白如懸掛在天上的銀河，更有的像一閃一閃的小彗星，精靈似的向我們眨着眼睛。其實，小作者自己也寫出了這樣的句子，如這個借喻的句子：一串串可懸浮在空中很久不墜落的金柳式煙火。我們可以仿照上面的句子，再把到倒數第二段中「有的像燈籠，有的像金魚，還有的像風箏」這三個比喻句重新寫一寫，看看是否既能寫出煙火的豐富多彩，又鍛煉了自己的語言。

# ⑮ 冬至

學校：協恩中學附屬小學
年級：小六
作者：余施燁

**作文** ▼

「冬至大過年」，相信大家都同意冬至是<u>中國人最重視的傳統節日之一</u>。冬至是一個讓親戚們聚在一起，聊聊家常，吃一頓晚餐的節日，但是，去年的冬至，我卻無法享受這種天倫之樂⋯⋯

在我出生的時候，家裏有「三寶」——外婆、嫲嫲和爺爺。正所謂「家有一老，如有一寶」，我一直希望外婆、嫲嫲和爺爺都能長命百歲，看着我長大、畢業、工作⋯⋯亦願他們有多點時間跟家人享受生活。在我心目中，爺爺的印象最深刻，他不像一般祖父那麼嚴肅，他十分和藹可親，臉上常常掛

**點評** ▼

● 首段寫冬至的重要和冬至的意義。與「我」的感受形成對比。

● 引用俗語作開頭，引起讀者注意。

● 寫家裏「三寶」，懷念祖父的慈祥和藹。

● 小作者熟用俗語，使文章具感染力。

着笑容，我很喜歡同他聊天、玩耍，跟他建立了深厚的感情，可是在去年卻發生了一件不幸的事……

去年暑假，我到英國旅遊，住在姑母家裏。旅遊本是令我樂不可支的事，但一個突如其來的噩耗卻給我歡樂的旅程蒙上了陰影。那天，姑媽接到從香港撥來的電話，她拿着聽筒許久也沒說一句話，最後紅着眼向我們吐出：「爺爺，他……他去世了……」表姐的淚珠兒立刻湧出；我雖然沒哭，但內心卻像被一把尖刀割了一樣。我心裏不停地想着慈祥的爺爺的一切，滿是問號和遺憾，雖然我只和爺爺相處了九年，回憶不算太多，可我從來沒有想過死亡和我是那麼接近，更沒有想過這事會突然發生，而最難過的是我趕不及參加爺爺的葬禮，未能見他最後一面。

時間慢慢流逝，爺爺離去的傷痛似是淡去，這回憶卻又隨着冬

● 寫祖父的去世，以及帶給「我」的悲痛。

● 語言質樸，寫出當時真實的感受。

● 寫去年冬至的悲涼感受。

至的到來再次被勾起，「冬至吃飯少一老」，守舊的嫲嫲決定今年獨自過冬至，把我們都拒於門外，其實大家心裏都明白其中原因，只是不宣於口吧。冬至的街上，周遭的人都是扶老攜幼地一起外出，整個街頭都被歡樂及親情覆蓋，我們一家彷彿不屬於這兒，大家雖然沒說甚麼，但我相信彼此心裏都想着爺爺，想着去年冬至時的熱鬧情景。

● 用街上的歡樂反襯大家沉痛的心情。

「樹欲靜而風不息，子欲養而親不在」，相信這正是爸媽的心情，喪親是最哀和最痛的，我以後一定會更加珍惜家中的「兩寶」，並盼望嫲嫲早日忘記傷痛；我亦希望每個人都珍惜家人，珍惜一家團聚的快樂時刻。

● 祖父去年暑假去世，因此大家回憶的「去年」應改為「前年」。
● 以真摯的祝願結尾。
● 引用格言。

## 總評及寫作建議

　　小作者以「冬至」作引，寫出了對祖父的懷念之情。

　　看完本文，讀者都不免感到難過，但又為小作者家庭中濃濃的親情所感動。小作者表面寫的是「冬至」，而實際上寫的卻是祖父，以及其去世所帶來的沉痛。小作者巧妙地選擇了「冬至」來寫，更加深了哀思與懷念。在這樣一個重要的傳統節日裏，本應親戚聚首，共同歡慶，但是由於家裏少了一「寶」，大家的心情變得沉重，對祖父的懷念更加深沉。

　　對祖父去世的悲痛感受，小作者沒有概念化地簡單表白，而以表姐的神情動作、自己的心理活動和祖母的行為來表現，既真實又深刻。

　　只是，對祖父的描寫稍微模式化了一些，缺少個性特點。可以考慮寫寫祖父的微笑，他是怎樣微笑着看着你？怎樣微笑着與你聊天？抓住這一點讓讀者的印象更深刻。不用過多地描述，只從他的微笑寫出祖父給「我」的深刻印象，表現他的和藹可親就好。

# 作文加油站

## 詞彙寶盒

| | | | | | | | |
|---|---|---|---|---|---|---|---|
| 滑雪 | 羽絨 | 起伏 | 桅杆 | 敲門 | 漆黑 | 繡花 | 雄壯 |
| 寒抖 | 哀傷 | 死寂 | 苦寒 | 淒涼 | 喜悅 | 雀躍 | 璀璨 |
| 墜落 | 讚歎 | 嚴肅 | 深厚 | 遺憾 | 流逝 | 傷痛 | 團聚 |
| 一望無際 | 冰天雪地 | 白髮蒼蒼 | 形態萬千 | 歡天喜地 |
| 提心吊膽 | 毫無保留 | 不屈不撓 | 涼風颯颯 | 一頭霜花 |
| 殷切期待 | 扶老攜幼 | 手舞足蹈 | 漫天煙火 | 耀眼奪目 |
| 形色各異 | 目不暇給 | 放聲歡呼 | 包羅萬有 | 洶湧澎湃 |
| 掌聲雷動 | 意猶未盡 | 天倫之樂 | 和藹可親 | 樂不可支 |

## 佳句摘賞

- 樹欲靜而風不息，子欲養而親不在。

- 山上蓋滿了厚厚的雪，山頂就像穿上了一件雪白的羽絨衣，起伏的羣山，有的像老人，有的像白兔，有的像幾個小朋友手拉着手，有的像白髮蒼蒼的仙人，形態萬千。

- 來觀賞的人們或閒談，或說笑，甚或手舞足蹈，每個人的臉上均流露着喜悅，每個人都凝視着維港的上空。

## 寫作小錦囊

　　將意義相關或相對的兩個字數相等、結構大致相同或相似的短語、句子、句羣對稱地排列在一起的修辭手法，叫「**對偶**」，也叫「**對仗**」、「**儷辭**」。

　　對偶有整齊勻稱的句式、和諧的節律，是漢語中特有的一種表現形式，常出現在詩歌、詞曲、散文等文體裏，可用於敍述、描寫、議論、抒情之中，以增強語言文字的表現力。

## 互動訓練營

1. 選詞填空：

　　苦寒　　　　嚴肅　　　　雀躍　　　　敲門

　　洶湧澎湃　　包羅萬有　　意猶未盡　　扶老攜幼

(1)　萬聖節的晚上，我們逐家逐戶地＿＿＿＿＿＿＿，向主人索取糖果。

(2)　講座結束後，部分觀眾還＿＿＿＿＿＿＿，與講者繼續交流探討。

(3)　爸爸表面上很＿＿＿＿＿＿，不苟言笑，其實內心很疼愛我。

(4)　國慶的升國旗儀式吸引了大批市民＿＿＿＿＿＿前來觀賞。

(5)　我班在籃球比賽中獲得全場總冠軍，我們全班都＿＿＿＿＿地歡呼。

(6) 百貨公司售賣的產品＿＿＿＿＿＿＿，顧客可在此盡情享受購物樂。

2. 下列哪個句子運用了「對偶」的修辭手法？

（A）兩個黃鸝鳴翠柳，一行白鷺上青天。

（B）牀前明月光，疑是地上霜。

（C）故人西辭黃鶴樓，煙花三月下揚州。

（D）思君如滿月，夜夜減清輝。

答案：＿＿＿＿＿

3. 續寫下列句子：

（A）我一邊幫媽媽裝飾桃樹，一邊＿＿＿＿＿＿＿＿＿＿＿＿＿＿＿＿＿。

（B）雖然得到很多糖果，但是＿＿＿＿＿＿＿＿＿＿＿＿＿＿＿＿＿＿＿。

（C）煙火匯演開始了，＿＿＿＿＿＿＿＿＿＿＿＿＿＿＿＿＿＿＿＿＿。

（D）在我心目中，＿＿＿＿＿＿＿＿＿＿＿＿＿＿＿＿＿＿＿＿＿＿＿。

（E）我希望每個人都能＿＿＿＿＿＿＿＿＿＿＿＿＿＿＿＿＿＿＿＿＿。

## 16 走進時光隧道

學校：協恩中學附屬小學
年級：小六
作者：盧可興

**作文**

**點評**

　　紅彤彤的太陽高高地掛在天上，無情地曝曬着每一個地方，酷熱的天氣使我煩躁不安。老天啊，你為甚麼這樣對我？經歷了一整天「腦筋過度活動」的學校生活，現在還要面對地獄式的樂團訓練。要知道，沒有甚麼比南老師的怒吼更可怕⋯⋯

- 首段以心理活動描寫開頭，自然與下文南老師的語言描寫銜接起來。
- 擬人手法寫太陽的無情，襯托出天氣的酷熱。

　　「好了，現在合奏第三首進行曲。」南老師道。我用抖着的手拿起單簧管，糟了！我一個音也吹奏不了。算了，我混在樂隊中，胡亂移動手指，跟着人家搖頭晃腦，她應該看不出甚麼破綻來的。然而，我一生下來就注定不是幸運

- 故事的起因：南老師對「我」的演奏不滿意，讓「我」去找她的曾曾祖父。

命。「可可，你從頭到尾吹一次來聽聽。」南老師不懷好意的笑容令人毛骨悚然。我只好硬着頭皮努力地搜索着每個音的按鍵。「好了，夠了。」南老師的語氣變得嚴厲，「你知道我的曾曾祖父是誰嗎？」我搖搖頭。「給我去找清楚！」

● 描寫南老師的語言和表情，表現她的嚴厲。

我急忙到圖書館，看看有沒有關於記載南老師曾曾祖父的書籍。唉，找了一整天也沒找到。我突然看到一個灰白色的櫃，心想：裏面應該有書吧。我走上前，打開櫃子，只見內裏出奇地寬大。我把一隻腳踏進去，天啊！裏面竟然沒有地面。我來不及收起右腳，一失重心，竟掉進無底深淵！

● 本段開始寫故事的經過。

瞬間，我被吸進了一個黑洞裏，聽到一個神祕的聲音：「歡迎來臨戰國時期的中國！」我隨即跌在地上。天啊，這是夢嗎？

● 先寫「我」來到圖書館，無意中掉進一深洞，來到戰國時期的中國。
● 「來臨」應改為「來到」。

我身邊是富麗堂皇的宮殿，人間仙境似的花園……正當我陶醉

● 五、六段寫「我」被當作南郭先生，為齊宣王吹竽，儘管「我」並

63

之際，一個僕人神色慌張地走過來，道：「南郭先生，演奏的時間到了，快到大殿去吧！你幹嘛穿成這樣，趕快更衣！」

不會吹竽，卻「濫竽充數」。

我一臉茫然，為甚麼我會變成南郭先生？南老師為甚麼無故叫我去認識她的曾曾祖父？算了，顧不了這麼多，還是先去應付那個甚麼演奏會吧！我拿起那個叫甚麼竽的，換上笨重的衣服後，急步走到大殿，混在吹竽的樂團中假裝吹奏，看來齊宣王十分享受這大合奏呢！

● 心理描寫和動作描寫。

歲月流逝，我已適應了自己的身份，因為是宮廷樂手，我過着豐衣足食的日子，可是，好景不常……齊宣王突然在一個風雨交加的晚上駕崩，我當然不會為一個陌生的皇帝去世而傷心，而是繼任的齊湣王喜歡聽竽獨奏，讓我憂心。「南郭先生，恭喜，大王選中你為他第一個獨奏，你真是個幸運兒！」

● 再寫齊湣王即位逼得「我」落荒而逃。

● 家僕的恭喜與「我」的驚慌失措形成鮮明對比，很有諷刺效果。

家僕衷心祝福我。甚麼！糟糕！我連忙打發他離開，再趕忙收拾包袱，選定士兵替更的時間逃出城門。

我愈跑愈快，因我犯了欺君之罪。但這樣逃下去也不是辦法，我聽聞有位老人隱居黃山上，他是位吹竽高手，自從二十歲時舉行了最後一場演奏會後，他便隱居山中，不問世事了。我決定要拜他為師，當一個真正的宮廷樂手，赴湯蹈火也在所不計。跑到黃山腳下時，已是破曉了，我往山頂方向爬了一會，肚子餓得咕咕叫起來。到了正午，烈日當空，我鼓勵着自己：「要堅持，快到了！快到了……」實在支撐不住了，我昏倒過去……

醒來後，我聽到一陣觸動人心的竽聲，曲調時而輕快活潑，時而哀傷憂愁，時而憤怒激昂。隨着旋律，我好像經歷了一次又一次的奇幻歷程。我見到一位老人，難道

●「我」決心去向吹竽高手學習吹竽技藝，為此經歷了艱辛。

●「我」找到了吹竽高手，並被他破例收為徒弟，卻在進入山洞後一腳踏空。

● 運用排比句式。

他就是吹竽高人？我連忙爬起來，跪在他的跟前。我還未開腔，老人搶先道：「看得出你是付出了誠意和努力拜我為師，這也是學好吹竽的兩個主要因素。好吧，我便破例收你為徒！」我頓時欣喜萬分，連忙叩頭。「現在先休息吧！」他微笑道。我進入了山洞裏，突然，一腳踏空……

「醒來！你為甚麼睡在圖書館的儲物櫃裏？」南老師搖了搖我，我睜開惺忪的眼睛，「老師，我已知道你的曾曾祖父是南郭先生了，我也知道你為何叫我去認識他。對不起！我不再濫竽充數，從今以後，我會努力吹奏好每一個音，每一首歌，因為我剛才……」我把夢中的經歷告訴了她。

● 故事的結果：「我」被南老師叫醒後才知道自己經歷了南柯一夢，卻因此懂得不可再濫竽充數。

夏日炎炎正好眠，在這酷熱的日子裏，走進時光隧道，回到古代遊歷，也可說是一個特別的消暑方法。

● 結尾照應開頭，炎炎夏日，夢回戰國也可消暑。

## 總評及寫作建議

　　本文在成語故事「濫竽充數」的基礎上，構建了一個曲折離奇的故事。

　　小作者運用了豐富的想像力，文章構思很巧妙，情節設計一波三折。「我」掉入無底深淵，當讀者提心吊膽時，「我」卻幸運地獲得了宮廷樂師的身份，當我們豔羨南郭先生不勞而獲的富足生活時，噩耗卻隨即傳來；當南郭先生逃出宮廷，走投無路之時，命運卻又給了他新的方向；當「我」無力前行，山窮水盡，暈倒黃山時，卻又峯迴路轉，柳暗花明，獲得了吹竽高人的接納。正該為實現願望而欣喜，卻一腳踏空……既與「濫竽充數」的故事有相似之處，更時時顯現小作者的奇思妙想。

　　另外，小作者還成功地運用心理描寫、動作描寫、語言描寫來刻畫人物，而且詞彙豐富，用語詼諧。

# 17 過新年

學校：保良局錦泰小學
年級：小四
作者：劉迪喬

作文

在農曆新年前，我和家人一起大掃除。我們把許多沒有用的東西都拋掉，把家裏打掃得乾乾淨淨，等待新一年來臨。

年三十晚，我們在姑媽的家裏吃團年飯，那時候，親友滿堂，十分熱鬧。那晚我過得非常開心，因為在餸菜裏，有我最愛吃的蒸蛋和雞翅膀。飯後，我們還吃了甜品——湯圓，那時我才知道湯圓寓意「團圓」。怪不得，每逢年三十晚，我們都會吃湯圓呢！接着，我們一家人到維園逛花市，那裏人山人海，我們寸步難移。花市有很多攤位，有的賣年花，有的賣雜貨，還有的賣熟食。我們正要離開花市

點評

● 首段寫與家人一起掃除，引入過新年的話題。

● 二段寫年三十晚上吃年夜飯、逛花市、媽媽買鍋三件事。本段是全文的中心段落。

● 用排比句式，將年三十維園花市的熱鬧景況寫出來。

的時候，見到一個鍋子有十分多的功能，於是媽媽便立刻買了它。我聽過一個傳說是在新年買鍋子十分不吉利。於是，我便告訴了媽媽。媽媽向我解釋在新年前買鍋子不要緊，過了新年買才不吉利呢！

大年初一，我們大清早便約了姑母去喝茶，姑母把紅封包送給我們。之後，我們去了很多地方拜年。回家的途中，我們還看了花車巡遊，巡遊隊伍中的每一輛花車都各具特色，有不同的主題。

●三段主要大年初一的活動：包括與姑母喝茶、四處拜年和看花車巡遊。

年初二，我們到了姨母家拜年，姨母家養了一隻狗，名字叫<u>樂樂</u>，牠既可愛，又活潑。到了下午四時，親友陸續到來，我們玩了「魚蝦蟹」，我贏了大約一百元。到了七時，我們便吃開年飯，大家十分開心。

●四段寫到姨母家拜年的事。

<u>到了年初三，我們便開始做功課，迎接新的學期的來臨。</u>

●這段與「過新年」無直接聯繫，可刪去。

我在這個假期裏，過得非常

●尾段總寫過新年的開心。

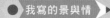 

開心，因為吃到很多糖果和收到很
多的紅封包。

本文記敍了小作者過農曆年的全過程。

從整篇文章看，小作者將新年間的每一件讓他覺得有意義的事情都寫出來了：掃除、吃團年飯、逛花市（媽媽買鍋子）、與姑母喝茶（收紅包）、拜年（與小狗玩耍、玩遊戲、吃開年飯）看花車巡遊，林林總總。小作者似乎把過新年的方方面面都寫到了，可是再一想，是否有些太繁雜了，反而不能突出中心，甚至有些材料與中心無關。因此可以適當刪去某些材料，如三、四段可以合併，因為講的都是拜年之類與親友相聚的事情，刪去第五段。結尾要重新改寫，總結全文，突出「過新年」。三、四兩段的拜年活動合併，重寫時要斟酌該保留哪些「與過新年有關」的材料，如：有關姨母家樂樂的內容可否刪去？如果在選材時能以是否表現文章中心作為取捨的標準，多問自己幾個「為甚麼」，該可避免失當。

在這許多材料中，小作者詳寫的是吃團年飯和逛花市。對於吃團年飯的事，小作者的印象是「熱鬧」和「開心」。開心的原因寫出來了，而如何熱鬧？到場的親友多？大家的情緒高漲？整個店堂的環境氣氛熱烈？逛花市是否需要寫寫花？年三十逛花市是粵港習俗，小作者在文章中卻沒有任何有關花的描寫。不過湯圓的寓意、買鍋子的傳統及收紅包等有關年節習俗的內容倒是給文章增添了趣味。

## 18 聖誕節

學校：保良局錦泰小學
年級：小五
作者：劉巧樺

**作文**

五年前的聖誕節，我和家人一起到<u>維多利亞港</u>欣賞燈飾。<u>那兒人山人海十分擁擠，到處都是人的海洋，擠得我們喘不過氣來。</u>不過，那兒的燈飾璀璨奪目，五光十色，吸引了不少遊人欣賞。途中，我看見一位熱情的外國人裝扮成聖誕老人的模樣，派發巧克力金幣給沿途的小孩，逗他們高興，我也取了一塊呢！

後來，我們到了一間餐廳吃聖誕大餐，媽媽告訴我和哥哥：「聖誕老人是住在<u>芬蘭</u>的，會接收小孩子們寄給他的信件，跟他們聯絡。還有，聖誕老人在晚上會乘雪

**點評**

● 開頭寫五年前的聖誕節在<u>維港</u>賞燈。

● 劃雙線句子語意重複，可改為「那兒人山人海，擠得我們喘不過氣來」。
● 用成語「璀璨奪目」、「五光十色」形容燈飾，很準確。

● 吃聖誕大餐時媽媽談及聖誕老人。

鹿車給世界各地的好孩子送禮物。」
聽着，聽着，我突發奇想，想到了
一個好計劃⋯⋯

　　那天晚上，我在睡覺前，把
一隻襪子掛在窗外，還寫了便條放
進去。便條的內容是這樣的：希望
聖誕老人能送給我一份又大又精美
的禮物。然後我就懷着極為期待的
心情睡着了。

●「我」準備好襪子，希望
　得到聖誕老人的禮物。

　　第二天早上，我起牀，第一
時間衝過去把襪子打開⋯⋯咦！
為⋯⋯為甚麼⋯⋯裏面甚麼也沒
有？我急忙跑去問媽媽，她說：
「當然了，你的襪子這麼骯髒，聖
誕老人早就被臭得暈倒了，怎還可
以送禮物給你呢？」聖誕老人會
介意襪子的氣味嗎？我正想洗一洗
那雙襪子時，媽媽又告訴我：「其
實，聖誕老人是不存在的，只是用
來逗小孩，讓他們做個乖孩子。」

● 寫「我」的失望與媽媽
　對聖誕老人的解釋。

　　哎！現在回想起此事，我還
真的覺得自己好像個「大笨蛋」，

● 寫回想自己的天真及因
　那件事而養成良好習慣。

沒有想過聖誕老人住在<u>芬蘭</u>，又怎樣飛來香港呢？那些鹿兒又怎會飛上天呢？就算真的會飛又怎能載着這麼重的禮物到處跑呢？我真是幼稚啊！不過，我也因此而養成了一個好習慣——每天都把襪子洗乾淨。

● 先寫自己的幼稚，筆鋒一轉，寫自己的收穫，收到先抑後揚的效果。

## 總評及寫作建議

　　本文主要敍述了小作者在五年前的聖誕節想要收到聖誕老人的禮物，自己所做的天真事情。

　　本文題為「聖誕節」，寫了關於聖誕節的幾件事，但實際上小作者只是對聖誕老人送禮物給小孩子這一件事感興趣。因此開頭寫<u>維港</u>觀燈這段就顯得有些多餘了，可將這部分略去，直接寫看見聖誕老人派發禮物的事，與後文照應。

　　在敍述故事的過程中，小作者描寫了自己的心理活動，包括事先的「奇想」和事後的反思，非常真實。在滿心期待聖誕老人的禮物之時，卻被媽媽揭破襪子太髒，正想去洗襪子，卻又發現聖誕老人原來只是虛構，小小的波瀾使文章讀來更加有趣。尤其結尾的反思更讓人經歷轉折，失望的心情又回復平靜。

## 19 記一次故事演講比賽

學校：保良局錦泰小學
年級：小六
作者：郭聰穎

**作文**

**點評**

　　三月十九日　星期四　晴

　　今天，我參加了第十七屆校際故事演講比賽，並獲得我人生中第一個獎項，亦為學校爭了光。

　　跟隨老師出外比賽之前，我的心情有點緊張。不久，我們乘車到達尖沙咀的比賽場地。

　　場地內鴉雀無聲，參賽者都安靜地在等待比賽的開始。訓練有素的我，輕鬆了下來，坐在一旁，靜靜地欣賞着對手的表現。參賽者的表現各有不同，有些害怕得呆若木雞。輪到我比賽時，我信心十足地站在台上演講，我將整個故事演繹得完美無瑕。最後，我從容不迫

- 抬頭寫出時間、天氣，符合日記一般格式。
- 第一段簡要介紹「我」參加演講比賽並獲獎。

- 寫賽前緊張的心情。

- 寫場地氛圍、不同比賽選手的表現及自己的演講過程。

- 表現有哪些不同？可用有的……有的……句式。

- 「完美無瑕」太概括，可否具體描寫？

地走到大台下等待公佈成績。

當比賽完結後，評判隨即宣佈賽果。我獲得了「最佳演講員獎」，高與得掉下淚來，立刻致電爸媽，他們都為我感到驕傲。

● 寫比賽結果。

經過這次比賽，我成為了校園內的「明星」，這不但令我感到光榮，還為父母親增添了光彩。我決定參加下一次的故事演講比賽，並期望能夠再創佳績！

● 結尾寫比賽獲獎給「我」帶來的影響以及「我」的期望。

## 總評及寫作建議

小作者以日記的形式記敘了一次自己參加演講比賽的經歷。

文章思路清晰，結構完整。第三段開頭寫比賽場地的環境時，「鴉雀無聲」與「安靜」寫出了賽場的嚴肅，渲染出緊張的氛圍，與上文「我」的緊張相承，但是「訓練有素的我」由有點緊張轉為「輕鬆」似乎過快，缺少必要的補充說明。在第二段末尾加上一句「路上我在腦子裏重演了幾遍反覆訓練過的內容，心情慢慢平靜下來」，可與此時的「輕鬆」、「靜靜地欣賞」相互照應，以解決此問題。

惟一的缺憾是第三段中對人物的描寫不夠生動形象。參賽者的表現無疑有相似處——緊張、忐忑等，也會有不同，細節描寫或者能讓讀者有若目睹，如臨其境。如寫寫他們的眼神、身體的某些小動作。小作者對自己演講的過程只用了三個成語來完成：信心十足、完美無瑕、從容不迫。能否將當時的動作、神情、觀眾的反應寫一寫呢？如果在演講過程中，觀眾或聚精會神、或欣然微笑、或掌聲雷動、或忍俊不禁……都可說明演講可能成功，也會使得「從容不迫」更有說服力。

# 20 一篇週記——暑假的生活回憶

學校：保良局錦泰小學
年級：小六
作者：蘇建澤

**作文** ▶

**點評** ▶

八月四日——八月十日

　　星期一上午，我和媽媽乘機場快線到博覽館站去，並欣賞了話劇《友愛互助奇遇記》。

● 開頭簡要交代時間、地點、事件。

　　這套話劇情節感人，演員的對白十分之精彩。話劇內容大概是這樣的：大車頭湯瑪士和他的好朋友們同心協力為索多島的「魔幻燈籠節」作準備。角色包括：鐵路控制員肥叔叔、人見人愛的綠色小大車佩斯、喜愛一飛衝天的小直升機哈魯和常常作弄別人的柴油火車頭迪素。我和媽媽都看得十分投入，因為劇中人物的演技令人拍案叫絕呢！

● 介紹話劇的情節角色。

● 哪些人物的哪些表演讓你們叫絕呢？可以具體描寫。

星期三下午，媽媽帶我到元氣壽司店品嚐日式美食。我選擇坐在迴轉壽司前的座位，方便拿取喜愛的食品。我吃了「青瓜卷」、「蟹柳壽司」、「玉子壽司」、「加洲芒果手卷」和「日本甘薯天婦羅」，這些美食令我吃得津津有味！

● 寫吃壽司。

● 仔細地列出壽司名稱。

星期五深夜，是四年一度的奧運會開幕禮的歷史時刻，也是中國人百年圓夢的時刻。

● 第四段到第六段寫觀看奧運會的開幕典禮及自己的願望。

當晚開幕典禮的表演十分精彩，圍繞着中國古代四大發明——造紙術、印刷術、火藥和指南針的主題展開。而讓我歎為觀止的一幕，要算是李寧騰空奔跑去燃點聖火盆了。

● 點出了奧運會開幕典禮中最精彩的一幕。

我真希望中國將來再有機會舉辦奧運會啊！

## 總評及寫作建議

　　文章摘要記錄了在暑假的一週中讓小作者印象深刻的三件事。

　　三件事分別是：和媽媽一起看話劇，與媽媽一起吃壽司，在家中觀看<u>北京奧運會</u>開幕禮。但是對於每一件事只是做了最基本的記錄，對於讓小作者產生愉悅感受的內容均缺少詳細精彩的描寫，因此讓小作者拍案叫絕的內容只能藉助讀者自己的想像來填補空白了。

　　建議小作者多做看圖作文練習，將畫面上的人物動作、形象一一描摹出來，甚至補充語言描寫和心理描寫。而自己印象最深的內容也可以定格成一幅畫，如話劇中演員精彩表演的某一瞬間，<u>李寧</u>騰空奔跑的某一動作。這樣一來，自己寫出來的就是活生生的圖像畫面，而讀者也就能身臨其境、感同身受了。

## 作文加油站

### 詞彙寶盒

| | | | | | | | |
|---|---|---|---|---|---|---|---|
| 曝曬 | 地獄 | 怒吼 | 破綻 | 神祕 | 慌張 | 適應 | 憂心 |
| 隱居 | 破曉 | 鼓勵 | 堅持 | 破例 | 惺忪 | 酷熱 | 遊歷 |
| 團圓 | 活潑 | 陸續 | 擁擠 | 精美 | 骯髒 | 幼稚 | 爭光 |
| 演繹 | 驕傲 | 光榮 | 精彩 | 作弄 | 品嚐 | 圓夢 | 紅彤彤 |
| 煩躁不安 | 搖頭晃腦 | 不懷好意 | 毛骨悚然 | 硬着頭皮 |
| 一臉茫然 | 富麗堂皇 | 風雨交加 | 好景不常 | 赴湯蹈火 |
| 烈日當空 | 觸動人心 | 憤怒激昂 | 欣喜萬分 | 濫竽充數 |
| 夏日炎炎 | 人山人海 | 寸步難移 | 別具特色 | 喘不過氣 |
| 璀璨奪目 | 突發奇想 | 鴉雀無聲 | 呆若木雞 | 完美無瑕 |
| 從容不迫 | 同心協力 | 拍案叫絕 | 津津有味 | 歎為觀止 |

### 佳句摘賞

● 紅彤彤的太陽高高地掛在天上，無情地曝曬着每一個地方。

● 我醒來，聽到一陣觸動人心的竽聲，曲調時而輕快活潑，時而哀傷憂愁，時而憤怒激昂。

● 我們一家人到維園逛花市，那裏人山人海，我們寸步難移。

● 那兒的燈飾璀璨奪目，五光十色，吸引了不少遊人欣賞。

 **寫作小錦囊**

着重於以襯體詞語陪襯本體詞語，使文句主次分明，賓從主顯，使本體詞語更加突出的修辭手法叫「**襯托**」。

襯托是一種側面描寫，可用於寫人、敍事、繪景、狀物、議論、抒情，可使人事更鮮明、生動。襯體和本體兩種事物可以是相類似或一致的，亦可以是相異或相反的。有正襯和反襯兩種類型。

正襯例子：牡丹雖好，也要綠葉扶持。

說明：用甲事物（賓，牡丹）配襯乙事物的特點（主，綠葉），突出綠葉的重要性，

反襯例子：他的年紀雖小，已立志成為醫生，志向遠大。

說明：以年紀小反襯其志向遠大。

 **互動訓練營**

1. 選詞填空：

| 活潑 | 破曉 | 慌張 | 隱居 |
|---|---|---|---|
| 風雨交加 | 一臉茫然 | 拍案叫絕 | 觸動人心 |

(1) 這麼逼真的戲劇演出，真是令人＿＿＿＿＿＿＿＿。

(2) 天漸漸＿＿＿＿＿＿＿＿，大地朦朦朧朧的，如同籠罩着銀灰色的輕紗。

(3) 這些經典歌曲即使過了許多年，仍能＿＿＿＿＿＿＿＿，

勾起種種情懷。

(4) 陳伯伯退休之後，就回到鄉下＿＿＿＿＿＿＿＿，頤養天年。

(5) 在一個＿＿＿＿＿＿＿＿的晚上，母女倆互相攙扶着，慢慢
走回家。

(6) 他是一個＿＿＿＿＿＿＿＿開朗，惹人喜愛的孩子。

2. 下列兩個句子，哪一個是正襯句？哪一個是反襯句？

（A）天鵝的潔白增添了湖水的明淨。

（B）天鵝的叫聲增添了湖水的幽靜。

正襯句：＿＿＿＿＿＿　　反襯句：＿＿＿＿＿＿

3. 續寫下列句子：

（A）年宵花市有很多攤位，＿＿＿＿＿＿＿＿＿＿＿＿＿＿＿

＿＿＿＿＿＿＿＿＿＿＿＿＿＿。

（B）我聽到一陣觸動人心的音樂聲，＿＿＿＿＿＿＿＿＿＿＿

＿＿＿＿＿＿＿＿＿＿＿＿＿＿。

（C）我們到了一間餐廳，＿＿＿＿＿＿＿＿＿＿＿＿＿＿＿＿

＿＿＿＿＿＿＿＿＿＿＿＿＿＿。

（D）我的心情有點緊張，＿＿＿＿＿＿＿＿＿＿＿＿＿＿＿＿

＿＿＿＿＿＿＿＿＿＿＿＿＿＿。

（E）這套話劇情節感人＿＿＿＿＿＿＿＿＿＿＿＿＿＿＿＿＿

＿＿＿＿＿＿＿＿＿＿＿＿＿＿。

# 21 秋天的毅行者

學校：浸信會沙田圍呂明才小學
年級：小五
作者：李天欣

**作文** ▸

  我搞不懂，為甚麼會有人不眠不休、翻山越嶺、幾經辛苦也要把這個比賽完成呢？為甚麼明知道勝出的機會是零，仍然堅持完成比賽？

  我真的不明白爸爸。為甚麼參加由<u>樂施會</u>主辦的「樂施毅行者」？又不是不知道現在是秋天！白天陽光很猛，晚上又冷又大風，還要上山下坡，而且還要走一百公里，簡直就是折磨自己。

  雖然我不太明白爸爸的決定，可是他始終是我最親愛的爸爸，所以我、妹妹和媽媽一起到<u>郊野公園</u>，等爸爸途經那裏時，給他

**點評** ▸

● 開頭設置懸念。

● 先抑後揚，寫自己對爸爸的不理解。

● 以下兩段寫「我」與家人去公園支持爸爸和過程中發生的事情。

遞送食物，並給予他精神上的鼓勵。我們把食物放在木桌上面，然後靜靜地等候爸爸。鬱鬱蔥蔥的大樹仰然挺立，已經開始落葉，任由葉子飄在空中狂舞，歡送夏日。

● 景物描寫。擬人手法。

　　突然，一陣吵鬧的猴子叫聲傳來，把這幽靜的環境破壞了。一隻猴子箭一般從草叢中鑽出，把我手中的百佳膠袋搶去，我頓時被牠嚇了一跳，不知所措，呆了一會兒，我才醒過來，發狂地追向猴子，猴子輕輕一躍，抓着了樹幹，敏捷地跳上樹丫。我站在樹下，抬頭看看猴子，又看看自己，無可奈何地走回去告訴媽媽：「媽，對不起，猴子把那袋食物給搶去了……」媽媽好奇地凝視着我，笑了笑，說：「傻孩子，不用傷心，袋子裏裝的只是膠裝食具而已。」我抬頭看看猴子，那猴子正在用盡牙力咬着一隻膠叉子，咬出「格！格！」的聲音。

● 猴子搶食的小插曲，是一個意外，很有趣。

爸爸終於到了，媽媽端出一壺熱騰騰的肉碎粥和一碗美味的炒麵讓爸爸享用。爸爸雖然滿頭大汗，筋疲力盡，但是顯得非常享受。看着看着，我好像領略到甚麼。

● 爸爸雖然很累卻顯得很享受，讓「我」若有所悟。

其實，比賽最重要的是參與，而不是勝負，不要和其他人比較，要和自己比賽。即使輸了，也不要緊，最少你可以吸取到經驗，能夠很享受比賽的過程。我終於理解到為何爸爸參加這項比賽了。

● 結尾寫「我」的領悟。

## 💡 總評及寫作建議

本文題目是「秋天的毅行者」，主要寫爸爸參加的由樂施會主辦的「樂施毅行者」活動，即徒步一百公里的比賽。

文章開頭設疑，結尾釋疑，彼此呼應，但選材失誤。在主體部分，小作者筆墨的重點卻是等待爸爸時所遇到的一隻猴子，儘管這部分寫得很有趣，但卻與主題無關，只可略寫甚或刪去。而從開頭對爸爸的不理解到結尾的理解缺少過程的交代，可以說這未出現的部分才是最重要的內容。

記敘文或者寫人敘事，或者寫景狀物。從題目看似乎寫的是包括爸爸在內的「毅行者」們，但是文章未曾涉及，即使是爸爸，也少正面描寫。不妨回想一下，為甚麼看到爸爸筋疲力盡卻又很享受的樣子就能突然了悟呢？在等待爸爸的過程中，是否看到其他毅行者？看到他們有甚麼想法？

# ㉒ 賣旗籌款有感

學校：寶血會嘉靈學校
年級：小六
作者：馮諾賢

**作文** ▾

　　我向來覺得賣旗籌得的款項，對有需要幫助的人來說是微不足道的，但在一次賣旗籌款活動中，我的看法就有所改變了……

　　記起在去年的秋天，我參加了學校聯同香港青年協會所舉辦的賣旗籌款活動。當天，同學們必須由一位家長陪同，在深水埗區內賣旗。

　　那天是陰天，還不時下着濛濛細雨，我和媽媽站在街道上，被無情的秋風吹得打哆嗦，但我們依然堅持着，期待着，繼續等待。

　　街道上，上班一族趕着上

**點評** ▾

● 回憶過去，倒敍開頭。

● 轉折句式，點出了事件對「我」的觸動。

● 第二段寫活動的時間地點。

● 交代事件起因：親子活動，賣旗籌款。

● 第三段寫當天的天氣情況。

● 陰天、細雨、冷風，為下文作鋪墊。

● 第四段籌款活動中的經歷。

班，學生們匆忙上學，他們都有一種迴避的眼神。「難道幫助有需要的人真是這樣困難嗎？」我心想。想着，看着，見到有一位年紀老邁的婆婆，正慢慢向我們走近。她一手拿着幾個紙箱，一手把一個五元硬幣投進捐款錢箱。她竟然用辛苦拾紙箱換取的血汗錢去幫助別人。

此時，我真的明白了「施比受更有福」這個道理，幫助別人是一件輕而易舉的事情，集腋成裘，小小的捐助也能成為大大的支持和幫助，令一羣生活有困難的人重燃希望，讓他們在人生道路上，為自己重新畫出一道美麗的彩虹。

● 對比手法寫迴避者與年邁的老婆婆對待捐款的不同表現。突出寫迴避者的眼神，老婆婆的動作描寫細緻。

● 結尾寫事後感想。

● 從老婆婆的舉動，體會到「施比受有福」的道理。

## 總評及寫作建議

　　本文記敍了一次賣旗籌款的義務活動。

　　開篇寫的是小作者的質疑：賣旗籌款不見得有多大的作用，後來才明白「集腋成裘，小小的捐助也能成為大大的支持和幫助」。那麼，這個轉變是如何實現的呢？

　　小作者用對比手法寫了學生、上班族對籌款的不在意甚至迴避，而一位撿拾垃圾的老婆婆卻將自己微薄的收入捐獻出來。小作者讚頌了老婆婆的行為，「徐徐地」寫出了老邁，「竟然」寫出她的行為給「我」帶來的震撼。迴避者的行為也值得我們深思，社會中每個人的生活都與他人息息相關，如果對別人的事情漠不關心，自己遇到困難的時候怎麼會得到所需要的幫助呢？

　　另外，倒數第二段中，學生、上班族的表現未必是同一種類型，老婆婆投幣時，可否寫寫她的手？

# ㉓ 甜甜的春天

學校：浸信會沙田圍呂明才小學
年級：小五
作者：陳思允

**作文** ▶

春，味道甜甜的，是一個戀愛的季節。

蝴蝶雙雙對對，翩翩起舞；天鵝互相倚偎着，喁喁細語；就連勤勞的蜜蜂也會在春季的這一天放下工作，偷偷談起戀愛來。

我？則沒有那麼幸運了……不過，這個春天我也有重要的任務。

「可惡！情人節竟然是假日！」一如以往，每年的情人節當天我都會送巧克力給老師和同學，但這年只好改在星期一送了。

早在星期六，我便把製作巧

**點評** ▶

● 結尾呼應開頭。

● 寫送巧克力的緣由。

● 通感手法，將春天比作可食之物。
● 擬人描寫法。

● 寫製作巧克力的過程。

克力的用具準備周全，開始了我跟巧克力的「戰鬥」。

把廚房弄得天翻地覆的我，終於滿頭大汗地走出來，說：「完成了！」當時，可憐的我被甚麼室溫呀、倒模呀弄得頭昏腦脹，直至爸爸幫忙，才能把半成品小心翼翼地放進冰箱。

到了星期一，我已能把巧克力拿出來了，真美！是心形的！到了學校，我把這春天的禮物送給同學和老師，他們都覺得很美味，有人更說是人間極品呢！小息時我們大家在一起，一邊吃着巧克力，一邊談天說笑，一邊欣賞春天的校園景色，真棒！

● 寫送巧克力、嚐巧克力。

春，是一個戀愛的季節。可以雙雙對對談戀愛，也可以三五成羣一起嬉戲。春，味道甜甜的，更是一個友情滿載的季節。

● 結尾總結全文。

● 照應開頭。

## 總評及寫作建議

本文記敍了小作者如何度過自己的「情人節」。

首尾都說「春，是一個戀愛的季節」，前後呼應，並且緊扣文題。不過，誰說擁有愛情的人才可以過「情人節」？開頭兩段寫春天，寫萬物，讓讀者不由好奇心起，欲抑先揚。小作者把情人節當成是紀念她與友人情誼的節日，送出巧克力作為禮物，很有創意。

從為甚麼送巧克力，到準備製作，到製作巧克力，送出並品嚐巧克力。過程寫得很完整，但是重點不夠突出。「情人節」給春天帶來的甜美感受全蘊含在小作者所製作的巧克力中。既然「我」把廚房弄了個天翻地覆，又是滿頭大汗。如果能細緻些按照一定程式寫出製作過程就更好了。送出巧克力的時候，接到禮物的朋友們是如何反應的？自己又是如何應答的？在品嚐巧克力的時候，聽到大家的誇讚，自己心裏有甚麼感受？可以思考這些問題，那麼描寫就會更加形象生動。

# 24 冬天的婆婆節

學校：浸信會沙田圍呂明才小學
年級：小五
作者：黎沐恩

**作文**

　　從前有一個叫玉娟的小女孩，她的爸爸媽媽都失業了，為了要肩負起養家的責任，父母迫不得已到遠離家鄉的城市去工作。他們雖然找到工作，但每個月只能回家一天看望玉娟和她的外婆。所以，日常照顧玉娟的責任只好交給外婆了。

　　不知不覺又到了冬天，而那年的冬天比往常的都要寒冷，常常下雪，積雪比往常高出一倍，可達二尺之高！玉娟身體比較弱，很易着涼。有一次，玉娟冒着雪去村前的市場買菜，大約要走半里路，但因為積雪很厚，走得很慢，本來不

**點評**

● 故事的起因。

● 故事的經過：玉娟患病。

● 寫異常寒冷的冬天，為下文作鋪墊。

● 將「高出」改為「深」更合乎習慣，後句可改為「幾乎有兩尺深！」

足十分鐘的路程，她竟然要花上半小時才走完，當時還颳着陣陣刺骨的寒風。玉娟回家後，便發起高燒，外婆急忙帶她去村中惟一的診所去看醫生，發覺玉娟患了氣管炎，需要吃藥和在家休養兩個星期。不幸地，外婆因為操勞過度，也病倒了，但她又不得不照顧玉娟，只好撐下去。

有一天，外婆出外買菜，雖然當時沒有下雪，卻是下着毛毛雨；雨霧襯托着路旁光禿的樹枝，給四周增添了一分朦朧，使人不覺瑟縮起來。外婆穿着塑膠雨靴，一不留神，便滑倒地上，即時暈倒！鄰里立即把她送往村中的診所去救治。經過檢查後，醫生告訴外婆她可能是患了白血病，必須轉介到城中的醫院去醫治，不能拖延！外婆真是心急如焚。隔壁的三婆知道了，便向外婆建議由她來幫忙照顧玉娟，外婆卻擔心玉娟不肯接受這安排，因為爸媽常不在家，令玉娟

- 外婆患病，三婆代替外婆照看玉娟。
- 環境描寫細緻逼真，給人很陰冷的感覺。

缺乏安全感，只肯跟着外婆。三婆
靈機一觸，想到一個妙計：三婆跟
外婆的聲音很相像，只要編個事
由，三婆戴上面罩扮外婆來照顧玉
娟，便可以瞞過玉娟了。因為病得
實在很重，外婆惟有接受三婆的方
法和幫忙。

　　玉娟果然相信了，不知不覺
過了兩個星期，玉娟的病好了，她
的父母亦從城中回來了，知道了事
情的真相。外婆的病也好了，原來
她不是患了白血病，只不過是嚴重
貧血，在休養後已基本康復。他們
就把事情的來龍去脈告訴了玉娟，
當知道真相後，玉娟嚷着要向三婆
道謝。外婆因為愛護玉娟而病倒，
又千方百計遮掩自己的病情，讓玉
娟能安心養病，叫玉娟非常感激。

● 故事的結果：外婆與玉娟都康復了。

　　這事以後，玉娟變得懂事多
了，十分尊重和孝順外婆及父母。
她還認了三婆作她的乾外婆，並每
年都為乾外婆做一個面罩，答謝三

● 尾聲：婆婆節的由來。

婆對她和外婆的愛心和照顧。這件
好事傳開了，村民就為三婆和外婆
舉行了一個冬天的婆婆節。自此，
每年十一月一日，村中的婆婆都會
戴上面罩，而村民會免費招待她們
吃喝，以示敬老和宣揚鄰里互助精
神！

## 總評及寫作建議

　　小作者為我們講述了一個敬老和鄰里互助的故事，道出
「婆婆節」這一節日的由來。

　　故事敘述得既完整又清楚明白，只是小作者還未學會「描
寫」，文章在生動形象、吸引讀者方面有不足之處。

　　記敘文要求對記敘的物件作逼真的描述，使讀者猶如身臨其
境。因此，在寫作時注意動詞、形容詞（包括象聲詞）、副詞等的
精心選擇和恰當使用，結合各種描寫手段，才能讓人產生如聞其
聲、如見其人、如臨其境的感覺。

　　例如，全文都採用的是小作者的第三者轉述，甚至包括故
事中人物的語言，讓人感覺與人物內心距離遙遠，如果讓人物自
己說話，將動作描寫和語言描寫結合起來，一些段落會更具可讀
性。看看下面這段文字：

　　「玉娟，玉娟……」外婆走到牀邊，輕輕地喚玉娟，卻發現孩子平日裏白皙的臉上一片緋紅，眼睛緊閉着。外婆趕緊把手放到玉娟的額頭上，「哎呀！怎麼這麼燙！」她馬上用被子包裹好玉娟，吃力地把孩子背起來，向門外走，一陣冷風迎面而來，她才發覺自己忘記了穿外衣。她低下頭，頂着風跟蹌地朝村裏的診所走去……

　　是否找到原文相應的語句？比較一下，有甚麼不同？可以嘗試將文章的其他段落也作修改。注意在對人事物景的敍述過程中將人物的情感表現出來，故事將更加生動感人。

# 25 一件小事

學校：聖方濟各英文小學
年級：小六
作者：李穎琪

**作文**

　　夏日炎炎，該到哪兒去玩呢？

　　到郊外去看看大自然，又或是到海灘嚐嚐海風，都太辛苦了！不如去酒店吃自助餐吧！在空調的呵護下，舒適無比，而用餐時就更快樂。

　　坐在空調的公共汽車裏，戴着 MP3 耳筒，聽着悅耳的音樂，真令人感到輕鬆！再看看窗外的景物……咦？那位老婆婆在做甚麼呢？

　　有一位臉上滿佈皺紋的老婆婆，正辛勞地撿拾一些廢紙和鋁罐

**點評**

● 開門見山，設問開頭。

● 回答上文設問。

● 以下幾段寫偶見一個老婆婆在炎炎夏日裏撿垃圾。

● 自己的輕鬆與下文老婆婆的艱辛成對比。

● 設問引起下文。

● 肖像描寫：臉上滿佈皺紋。

等只賣得幾毫錢的垃圾。她臉頰上的汗珠一滴滴地掉下來，不停地，不斷地……但老婆婆竟毫不介意那汗珠放肆地在臉上奔走，繼續彎下腰去收集她的「寶物」。

　　細節描寫、擬人手法：臉頰上的汗珠。

　　車子開動了，老婆婆仍繼續拖着疲累的身軀去發掘「寶藏」。

　　媽媽看見我目不轉睛地凝視着窗外，好奇地問我全神貫注地看甚麼，我搖搖頭，說：「我們不吃自助餐了，這天又不是甚麼值得慶祝的日子，不如到海灘遊玩吧！」媽媽搖搖頭說：「三心兩意的小孩真麻煩！決定了的事就不能反悔。」

　　寫心意的改變與媽媽的不理解。

　　媽媽，其實你誤會了。我決不是三心兩意、猶豫不決的小孩啊！只是看見老婆婆為了維持生計而辛苦工作得大汗淋漓，而我們卻留戀有空調和舒適休閒的世界，是很不應該的。我心裏如此想着。

　　寫自己的思考。

　　夏天時，為甚麼我們不到海

灘、郊外走走，呼吸新鮮空氣、欣　　　● 反問結尾。
賞大自然的美景呢？難道，我們就
只能活在人工的世界嗎？

## 總評及寫作建議

　　文章通過對一個老婆婆拾荒一景的描寫，引申到對貪圖安
逸生活的反省。

　　小作者的文章令我們深思：物質的滿足是否就是人生最大的
追求？看到年邁貧苦卻辛勤勞作的老婆婆，小作者發覺自己貪圖
享受的「不應該」。儘管「留戀有空調和舒適休閒的世界」未必不
可，但作為小學生而言，能夠放眼社會，於平凡的小事中領悟人
生道理，首先是很不易，其次，若能養成習慣，會對思維的發展
大有裨益。

　　對老婆婆的描寫簡約但卻令人印象深刻。僅僅抓住老婆婆
臉上的皺紋和汗珠來寫，便將一位貧苦老人的形象呈現在讀者眼
前。不過如果能將老婆婆撿垃圾時的專注眼神寫出來，「寶物」、
「寶藏」等詞會更添奇效。對老婆婆的動作還可更細緻地描寫，比
如她彎腰的時候是否吃力？走路的時候是怎樣的？如何表現她的
疲累？

　　末尾一句質問「難道，我們就只能活在人工的世界嗎」與對
老婆婆的描寫似乎有距離。事實上，老婆婆給「我」的啟迪是不
應該只知道追求物質的享受，所以文末的結論與前文有些偏離。

# 作文加油站

## 詞彙寶盒

| | | | | | | | |
|---|---|---|---|---|---|---|---|
| 折磨 | 遞送 | 鼓勵 | 歡送 | 吵鬧 | 幽靜 | 草叢 | 敏捷 |
| 匆忙 | 哆嗦 | 迴避 | 捐助 | 倚偎 | 勤勞 | 幸運 | 嬉戲 |
| 肩負 | 着涼 | 休養 | 光禿 | 朦朧 | 瑟縮 | 拖延 | 懂事 |
| 孝順 | 招待 | 呵護 | 悅耳 | 放肆 | 疲累 | 發掘 | 反悔 |
| 不眠不休 | 翻山越嶺 | 仰然挺立 | 不知所措 | 滿頭大汗 |
| 筋疲力盡 | 微不足道 | 濛濛細雨 | 年紀老邁 | 輕而易舉 |
| 集腋成裘 | 重燃希望 | 雙雙對對 | 翩翩起舞 | 喁喁細語 |
| 天翻地覆 | 頭昏腦脹 | 小心翼翼 | 三五成羣 | 逼不得已 |
| 刺骨寒風 | 一不留神 | 心急如焚 | 靈機一觸 | 來龍去脈 |
| 滿佈皺紋 | 目不轉睛 | 全神貫注 | 猶豫不決 | 大汗淋漓 |

## 佳句摘賞

- 蝴蝶雙雙對對，一起翩翩起舞；天鵝互相倚偎着，喁喁細語；就連勤勞的蜜蜂也會在春季的這一天放下工作，偷偷談起戀愛來。

- 雖然當時沒有下雪，卻是下着毛毛雨；雨霧襯托着路旁光禿的樹枝，給四周增添了一分朦朧，使人不覺瑟縮起來。

● 她臉頰上的汗珠一滴滴地掉下來，不停地，不斷地……但老婆婆竟毫不介意那汗珠放肆地在臉上奔走，繼續彎下腰去收集她的「寶物」。

**寫作小錦囊**

在敍事狀物時，把用於甲感覺的詞語移用到乙感覺，造成感覺間的溝通，這種修辭手法叫「**通感**」，也叫「**移覺**」。

通感藉助人們心理反應上的相似點，來更換感受角度、轉移感覺，打破視覺、聽覺、味覺、嗅覺的界限，使各種感覺相溝通、交融。

恰當運用通感，能夠直接抒發作者的胸臆，使語言富有形象性和感染力，可使人在欣賞的過程中產生如臨其境、如見其物、如聞其聲，如品其味之感，從而對文章加深理解。

1. 選詞填空：

| 肩負 | 悅耳 | 失業 | 暈倒 |
|---|---|---|---|
| 無可奈何 | 全神貫注 | 三心兩意 | 翩翩起舞 |

（1）有幾隻蝴蝶在花間＿＿＿＿＿＿＿＿，美麗極了。

（2）天氣十分炎熱，有好幾個人都中暑＿＿＿＿＿＿＿＿了，

要叫救護車。

(3) 春去秋來，花兒凋謝，這也是＿＿＿＿＿＿＿的事。

(4) 她的歌聲又清脆又響亮，＿＿＿＿＿＿＿動聽。

(5) 他＿＿＿＿＿地工作，工作到半夜，終於完成了報告。

(6) 小明爸爸＿＿＿＿＿後，他們一家只好省吃儉用地過日子。

2. 下列哪個句子運用了「通感」的修辭方法？

（A）雨中的薄霧隱約在樹梢上飄蕩着，正在和我「打招呼」呢！

（B）在空調的呵護下，舒適無比，而用餐時就更快樂。

（C）白天陽光很猛，晚上又冷又大風，還要上山下坡。

（D）春，味道甜甜的，是一個戀愛的季節。

答案：＿＿＿＿＿

3. 續寫下列句子：

（A）雖然當時沒有下雪，＿＿＿＿＿＿＿＿＿＿＿＿＿

＿＿＿＿＿＿＿＿＿＿。

（B）記起在去年的秋天，＿＿＿＿＿＿＿＿＿＿＿＿＿

＿＿＿＿＿＿＿＿＿＿。

（C）我滿頭大汗地走出來，＿＿＿＿＿＿＿＿＿＿＿＿

＿＿＿＿＿＿＿＿＿＿。

（D）這事以後，＿＿＿＿＿＿＿＿＿＿＿＿＿＿＿。

（E）夏日炎炎，＿＿＿＿＿＿＿＿＿＿＿＿＿＿＿。

# 26 維港煙花

學校：聖方濟各英文小學
年級：小六
作者：袁越軒

**作文** ▶

**點評** ▶

　　錯過了去年農曆新年的<u>維港</u><u>煙花匯演</u>，教我整整一年若有所失。今年才踏入臘月，我就整天嚷着要家人帶我去看煙火。爸爸也許被我「三寸不爛之舌」吵厭了，忙不迭「好、好、好！」地答應。

● 首段寫看煙花活動的緣起。

● 極言看煙花的願望，表現煙花表演的吸引力。

　　大年初二，<u>我們一家三口真坐言起行</u>，走到了<u>尖沙咀</u>海傍，欣賞一年一度的煙花匯演。

● 這兩段寫煙花匯演的時間、地點、現場氣氛。

● 改：爸爸媽媽果真坐言起行，帶我到<u>尖沙咀</u>……煙花匯演。

　　我們早在傍晚六時三十分已經到達那裏。原以為可以取得有利位置，無遮無掩地欣賞那金光燦燦、閃耀動人的煙花，但卻失望地發覺現場早已人山人海！我們好不容易才鑽入人羣當中，可是後來的

人卻又擁上前來！我們被擠得活像沙丁魚一樣，不能動彈！

寫觀看煙花匯演的擁擠人羣。末句比喻形象，寫出人多。

　　在我等得要打瞌睡的時候，忽然聽到羣眾的歡呼聲和讚歎聲。「啪！啪！啪！」我連忙仰起頭來。看！煙火拼砌成一個個「牛」字，是要告訴我們牛年到來了！接着，一個個金元寶咧着嘴在空中飛舞起來……那一朵朵金黃色的大菊花，那一株株青綠色的野草苗，那一個個鮮紅色的啦啦隊球，那一點點銀白色的星光，此刻都變成了舞台上的演員，拚命地迸發出自己的光彩，把自己最美的一面，呈現給觀眾。

這段寫煙花的種種式樣。

煙花種種。先寫聲音，再寫形狀，後寫顏色。

以「金元寶」代煙火盛放出的元寶形狀，使用了借代、擬人手法。

排比句＋比喻句寫不同式樣的煙花，量詞使用精當。

　　看着人們亢奮的面孔，我心裏湧出一絲不可言狀的感動——璀璨煙火、熱烈歡呼過後，人們的心靈仍覺得慰藉嗎？

寫自己對煙花的思考。

　　煙花匯演完了，振奮人心的歌曲消失於空氣中，人羣也陸續散去。可是，煙花盛放的印象卻久留

結尾部分寫由看煙花得到的感悟。

由看煙花而產生對生命價值的思考。

在人們的腦海中。人的生命是很短暫的，但願我們的生命能像煙花一樣，迸發出閃耀的光芒，照亮世界！

## 總評及寫作建議

本文描寫了維港的節日煙花表演。

煙花的生命是短暫的，但是卻以燦爛的美麗給人們帶來感動，這是它生命的價值和意義的體現，在這一點上，人與煙花相同。小作者通過看煙花，領悟到人生哲理，很不簡單，文章的立意很深遠。開頭從作者的願望與觀看煙花的人羣眾多，側面寫出了煙花的吸引力，之後再直接描寫煙花之美，結構安排上也用了很多心思。

文中使用了多種修辭來描寫美麗的煙花，在遣詞造句方面很精心，如：「那一朵朵金黃色的大菊花，那一株株青綠色的野草苗，那一個個鮮紅色的啦啦隊球，那一點點銀白色的星光」，雖然只是很簡單的比喻，但是小作者很注意咬文嚼字，對量詞、形容詞的選擇都十分用心，同時運用了常見的「比喻＋排比」手法，非常精彩。比喻修辭也可以與對偶一起使用，另有一番滋味。比如，可以比較一下原文與修改後的效果——「那一朵朵金黃色的大菊花，那一株株青綠色的野草苗，那一個一個騰空而起的鮮紅色啦啦隊球，那一點一點盡情閃耀的銀白色星光」。甚至，數詞的使

用也可以使語言更精緻，並且煙花突然綻放在空中一定是動感十足的，加上一些動詞，寫出的煙花一定會更加漂亮。如：「空中突然綻放的三兩朵金黃色大菊花，不知何處出現的四五行青綠色的野草苗，一個個飄忽飛升的鮮紅色啦啦隊球，無數點轉瞬即逝的銀白色星光。」同學們如果能在寫作時精心體會，仔細琢磨，一定可以寫出很美妙的句子來。

## 27 暖烘烘的冬日下午

學校：聖方濟各英文小學
年級：小六
作者：曾亦韜

**作文**

終於放學了！我餓得肚子咕嚕嚕地直叫。突然，我嗅到了一陣食物的香氣，便三步併兩步，向着誘人的香味方向走。哇！路旁售賣的小吃真多：燙手的煨番薯、香噴噴的咖喱魚丸、熱呼呼的「雞蛋仔」、暖烘烘的上海飯團……這些熱騰騰的食物，在寒風刺骨的冬日下午，簡直是人間極品。

吃過熱呼呼的「高級小吃」後，我整個人振作起來，便趕快回家去。為了節省時間，我抄小路，走進一條小巷。那條狹窄的小巷骯髒得很，竟擠滿了乞丐。他們瑟縮一角，隨便找個黑色的破垃圾塑膠袋蓋上身，便倒頭大睡。看着他

**點評**

● 第一段寫冬日的寒冷和食物的溫暖。

● 冬日下午之「寒」與「暖」。對比鮮明。

● 排比手法寫寒風中的熱食，讓人心生暖意。

● 第二段寫經過小巷之由和乞丐們的整體形象。

● 對比「我」與巷內乞丐：吃過熱食的「我」，寒風中瑟縮的乞丐。

● 情感自然流露。

們，我心裏感到很難受。

走到巷尾，我看見一個衣衫襤褸的小女孩和她的媽媽蜷縮在街角行乞。那婦人把一盒別人吃剩的飯菜遞給小女孩，女孩便急不可待、狼吞虎嚥地扒了幾口，飯菜塞得嘴巴幾乎撐不下。之後，她把盒飯推到母親身邊。

- 這幾段細緻描繪一對乞丐母女的深情和「我」的觀感。
- 乞丐母女的彼此關懷令人動容。
- 對女孩的動作描寫很到位，滿嘴食物的細節刻畫很讓人感動。

「你吃飽了嗎？」母親憐憫地問。

「夠了。你還沒吃，你吃吧！」

- 母女對話簡潔，卻包含着濃烈的親情。

看到小女孩這麼孝順母親，我不禁自慚形穢，我比那小女孩大得多，可是，在飢餓時，恐怕也不能說出這麼懂事的話來。我鼻子一酸，淚水不爭氣地掉了下來。

- 「我」被感動至落淚。

這個冬日下午，我看到了感人的一幕。在一個小女孩身上，我看到了人性的美。一條後巷，也可能是一個溫暖的家，幸福與否，在乎你能否珍惜你擁有的一切。

- 結尾是自然生發出的感悟。
- 感悟真誠而發人深省。

本文描寫了小作者偶然見到的發生在乞丐母女間的感人一幕。

本文選材很巧妙，從生活中的一件小事入手，以小見大，寫出了小事背後的深意。小作者對於生活的仔細觀察和深入思考值得讚許，這正是寫好作文應該具備的。小作者相繼寫了兩次冷與暖。第一次是開頭天氣的寒冷，熱食的暖，第二次是寫乞丐無處藏身的冷與乞丐母女彼此關懷的暖，前者是物質的冷暖，後者卻是精神的冷暖，前者的實寫與後者的虛寫交相輝映，讓人心情隨之起伏，然而情節卻又自然連貫。

另外，對校門口小吃的描寫，運用了十分簡單的形容詞卻成功地營造出暖融融的氛圍，對乞丐母女的動作和言語的刻畫只有七十多個字，但寥寥數筆卻將母女情表現得淋漓盡致。在耳聞目睹之後，更不忘寫下自己作為旁觀者的真實而直接的感受。結尾的「人性的美」的評價，以及「一條後巷，也可能是一個溫暖的家，幸福與否，在乎你能否珍惜你擁有的一切」的結論似箴言警句，用語很有思維的力度，表現了小作者對人生社會深刻的理性思考。

一個小建議：題目似乎還可以改改。「冬日的暖流」可以暗點主旨，直接而含蓄的「冬日」或「冬日午後」也能給讀者留下思索空間。

# 28 過客

學校：聖方濟各英文小學
年級：小六
作者：戴瑋霆

**作文**

秋天的傍晚來得特別早，從破曉到現在，似乎只是過了片刻。當然，這是一個瞞騙自己光陰消逝得如此之快的藉口而已。此時此刻，我身處在一個沙灘，一步一步沿着潮水走。回頭一看，<u>一串足印橫穿沙灘。來時的足跡已被沖去，去時的寂靜仍然存在，來去之間又有多少的匆匆呢？</u><u>一波又一波的潮水令我思緒如它一般，起伏不息，</u>使我想起幾年前見過的一個小哥哥⋯⋯

遇見這個小哥哥是我十歲的時候。這純粹是一個偶遇。那時我第一次來這個沙灘，向着爺爺和奶

**點評**

● 開頭寫舊地重遊，想起了一個小哥哥。

● 腳印被潮水掩蓋，引發思考。但「一串腳印橫穿⋯⋯去時的寂靜仍然存在」表述不清。

● 將思緒比作起伏的潮水很形象。

● 接着寫遇到小哥哥的原因。

● 故事的起因，「我」去爺爺奶奶家，卻迷路了。

奶的屋子一步一步走去。走了十分鐘，還沒到那兒；走了二十分鐘，沒了方向；走了半小時，別講房子，人的蹤影兒都沒了。我迷路了。

我着急得正要流眼淚時，一隻手搭在了我的肩膀上。當時，我希望那人是我的親人，因為他們能帶我到爺爺奶奶的住處！只可惜，一轉頭，發現是一個高我少許的小哥哥，我頓時感到十分失望。

- 這幾段描寫與小哥哥相遇的情形。
- 經過：「我」遇到一個小哥哥，他幫助「我」找到目的地。
- 希望到失望再到希望的過程，只是轉眼間，便一波三折。

「你幹甚麼這般失望？喲！我知道了。你迷路了！」

「我想大概是……你能引路嗎？」

他爽快地答應了。於是，<u>我們一邊談天說地，一邊走。我們上至遠古，下至近代，天南地北，無所不談</u>；如同遇到知音一般，興致勃勃地談天。漫長的路程，眨眼間就走完了。最後，我們相互握手，便依依不捨地離別……

- 對談天的形容，過於誇張。

重臨舊地，記起了這個曾經幫助我的小哥哥，並想起歐陽修

- 結尾寫「我」對小哥哥的想念和一點感傷。

的《浪淘沙》中的詞句:「今年花
勝去年紅,可惜明年花更好,知與
誰同?」我忽而有一股衝動要再找
一找他。但回心一想,他還記得我
嗎?我只不過是他人生中誤打誤撞
的一個過客……

● 重臨舊地,「我」的無奈
與感傷。

或許,他早已忘了我是誰?

● 末段可刪去,上文已經
點題,無需畫蛇添足。

## 總評及寫作建議

　　本文主要是寫回憶中的一段偶遇。

　　舊地重遊帶來一段回憶,一個熱心的小哥哥曾幫助迷路的
「我」找到了要去的地方。文章開頭寫相遇的海灘,起伏的思緒已
表現出感傷的情調,結尾引用歐陽修的詞更增添尋覓不得之後的
哀愁。從這點看,小作者的敍述中包含了深刻的感情,很能打動人。

　　只是,對小哥哥的描寫還有些淺,儘管他的熱心助人可以從
動作(手搭肩膀)和語言(主動問話)表現出來,但是倒數第三
段如能將轉述改為直接寫「我」和
小哥哥的對話,那麼我們對這位熱
心的小哥哥將會有更多更深刻的了
解。這樣首尾所寫「我」對他的念
念不忘與難以再見的感傷也會更真
實一些。

## ㉙ 齊來做湯圓

學校：聖公會青衣主恩小學
年級：小三
作者：馬穎儀

**作文** ▸

　　二月十八日，我和同學、老師到學校常識室做湯圓。因為這次是親子活動，所以媽媽也來參加。

　　在<u>黃</u>老師的指引下，我們分組坐好，把帶來的餡料及用具擺好，各自取了一小包糯米粉準備做湯圓。首先，我用膠碗盛水慢慢地倒在糯米粉上，然後，用手輕輕地搓，搓呀搓……我很快就把糯米粉搓成一團軟綿綿的粉團。然後，媽媽教我把粉團分成一小粒一小粒。接着，將粉粒攤平，放進蓮蓉後把它搓圓，就變成一粒圓滑滑的湯圓。不一會兒，我和媽媽就把所有的湯圓都做好了。

**點評** ▸

● 第一段寫做湯圓的時間、地點和人物。

● 接着寫「我」在媽媽幫助下順利做好了湯圓。

● 選用「擺」、「取」、「倒」、「搓」、「分」、「放」等動詞描寫自己做湯圓。

● 用「首先」、「然後」、「接着」依序敍述做湯圓的過程。

坐在我旁邊的<u>曉樂</u>同學忙着說話，一不小心倒了太多水，把粉團搓得濕漉漉的，需要加粉再搓，媽媽也在旁協助他。他雖然把湯圓做得扁扁的，但基本上也算是完成了。最後，媽媽把做好的湯圓拿到電磁爐上煮熟，我急不及待地試食，哇！湯圓又滑又甜，很美味啊！

● 之後寫同學做湯圓遇到的問題。

● 敍述同學做湯圓的波折，還可更詳細。倒多了水後看起來如何？媽媽怎樣協助他？彼此有甚麼交談？

這次活動，令我學會了做湯圓，我想我下次要親自做湯圓給媽媽吃。

● 結尾總結親子活動的感受與收穫。

## 總評及寫作建議

本文記敍一次做湯圓的親子活動。

顯然小作者已經把握到敍述事件時的基本要點，對記敍文的時間、地點、人物、事件的起因經過結果等要素非常熟悉，所以基本能把握整個事件的脈絡。在敍事時也很懂得使用動詞、形容詞來描述，但是總感覺到文章中缺少能引發讀者內心感受的言語。事實上，即使大家都參加親子活動，每個人的感受也會有一些不一樣，如果小作者能在敍述過程的時候，加進自己的真實感

受，相信結尾的那句「我想我下次要親自做湯圓給媽媽吃」就更能引起大家的共鳴了。比如，小作者可以想想這些問題：為甚麼自己做湯圓如此順利而曉樂同學卻需要媽媽的協助？媽媽和自己一起做了湯圓，煮好湯圓後為甚麼只寫自己吃湯圓？既然是親子活動，媽媽沒吃嗎？跟自己平日在家裏吃媽媽做的湯圓有沒有不一樣的感受？當媽媽吃着孩子做的湯圓的時候她有沒有說甚麼？你自己又想了些甚麼呢？可以添加語言描寫、心理描寫。

# ③⓪ 一場暴雨

學校：聖公會青衣主恩小學
年級：小四
作者：張詩蕾

**作文** ▶

　　剛放學回家，太陽就不見了蹤影，躲在雲彩中。雲彩愈來愈黑，也愈來愈厚，愈積愈多，遮天蓋地。

　　隨着一陣狂風颳來，樹上的枝葉都被吹成了扇形，在狂風中胡亂地搖擺着。

　　過了一會兒，風漸漸小了，我聽見遠處的雲朵裏響起好像打鼓似的「隆隆」聲，空中偶爾掠過一道道閃光。暴雨就快來了。

　　不一會兒，一顆顆豆粒大的雨點落在地上。轉眼間，乾涸了的泥土變得濕潤了，樹上的葉子也被沖洗得一塵不染。雷聲大了，震耳

**點評** ▶

● 先寫雲。次寫風。再寫雷鳴電閃。以下三段為鋪墊渲染。

● 採用「愈來愈……」句式，寫出大雨來臨前的陰沉。

● 樹葉被吹成「扇形」形容的不清楚。

● 第四段寫雷雨初臨。

● 先寫雨點，按照由下至上的順序，視線從泥土到樹上再到天空。

欲聾，彷彿整個天要塌下來似的。閃電劃破了整個天空。

剎那間，雨大了，雨簾變成了瀑布，排水管也承受不住瀑布的壓力，裂開了，雨水順着裂口流下來，整個排水溝都快變成了小溪，雷聲更大了，那聲音震得樓房都顫悠悠的。真是風雨交加，電閃雷鳴呀！

● 接着寫暴雨之猛烈。

● 將雨簾比作瀑布，寫出了雨之「大」，排水管的爆裂也表現雨「大」。雷聲閃電的出現更增添了幾分「狂暴」。

雨還不停地下着，一陣微風吹來，把雨霧吹得千姿百態，把樹葉吹得手舞足蹈。雨小了，這時雨霧變成了水汽。片刻，雨停了，只是那聲音響亮的雷還在打着，發出很刺耳的聲音，閃電照亮了整個天空。

● 之後寫雨停的情景。

● 對偶句寫微風吹拂下的雨霧和樹葉。

這就是香港夏天的暴雨，幾乎年年如是，非常典型。

● 最後是對暴雨性質的總結，指出這就是香港夏日常見的雨。

 **總評及寫作建議** ▼

　　本文描寫的是一場<u>香港</u>夏日常見的暴雨。

　　一場暴雨被小作者寫得如同目睹。從雨前到雨中再到雨後，脈絡分明，層次清晰。而且在不同階段，小作者選取了不同的對象來寫。雨前的陰沉鬱悶先通過烏雲狂風來昭示，緊接着就是暴雨的前奏——電閃雷鳴。四、五段寫得很有味道，從豆大的雨點寫到如瀑布的雨簾，暴雨的過程被細緻地描繪出來，而且小作者還運用聯想和想像來寫雨之「大」——用瀑布溪流寫雨水之多，用排水管和排水溝的變化來側面烘托雨之「大」，寫雨，也寫雷電，恰恰把夏天雷陣雨的特點表現出來，十分生動。

　　如果能寫寫與人相關的內容就更好了。比如，下雨的過程中，店舖如何？行人如何？有傘的行人如何？無傘的行人又如何？公交車如何？出租車又如何……也許這樣就更能寫出「都市」暴雨的感覺。

## 作文加油站

### 詞彙寶盒

| | | | | | | | |
|---|---|---|---|---|---|---|---|
| 錯過 | 迸發 | 亢奮 | 慰藉 | 短暫 | 誘人 | 狹窄 | 難受 |
| 燙手 | 振作 | 瑟縮 | 蜷縮 | 憐憫 | 飢餓 | 珍惜 | 瞞騙 |
| 藉口 | 純粹 | 偶遇 | 失望 | 爽快 | 知音 | 衝動 | 過客 |
| 蹤影 | 搖擺 | 乾涸 | 濕潤 | 劃破 | 瀑布 | 裂口 | 刺耳 |
| 咕嚕嚕 | 暖烘烘 | 軟綿綿 | 圓滑滑 | 濕漉漉 | 顫悠悠 | | |
| 若有所失 | 坐言起行 | 有利位置 | 無遮無掩 | 金光燦燦 | | | |
| 閃耀動人 | 不可言狀 | 璀璨煙火 | 熱烈歡呼 | 振奮人心 | | | |
| 衣衫襤褸 | 狼吞虎嚥 | 自慚形穢 | 起伏不息 | 天南地北 | | | |
| 無所不談 | 興致勃勃 | 依依不捨 | 誤打誤撞 | 遮天蓋地 | | | |
| 一塵不染 | 震耳欲聾 | 電閃雷鳴 | 千姿百態 | 年年如是 | | | |

###  佳句摘賞

- 我們被擠得活像沙丁魚一樣，不能動彈！

- 人的生命是很短暫的，但願我們的生命能像煙花一樣，迸發出閃耀的光芒，照亮世界，使它變得更有朝氣，更有動力。

- 這個冬日下午，我看到了感人的一幕。在一個小女孩身上，我看到了人性的美。一條後巷，也可能是一個溫暖的家，幸福與

否，在乎你能否珍惜你擁有的一切。

- 乾涸了的泥土變得濕潤了，樹上的葉子也被沖洗得一塵不染。

- 一陣微風吹來，把雨霧吹得千姿百態，把樹葉吹得手舞足蹈。

- 一波又一波的潮水令我思緒如它一般，起伏不息。

### 寫作小錦囊

　　寫作時，把內容相關、結構相同或相近、語氣一貫的三個或三個以上的語句連結起來，叫「**排比**」。也就是把要表達的意思用結構相似的句法組成一小組的排比句，對同範圍或同一性質的事物接二連三地強調，使文章內容更清晰有力，使意思表達更完整明暢。也稱作「扇形修辭」。

　　排比句讀起來琅琅上口，有一股強大的力量。如《維港煙花》中寫道：「那一朵朵金黃色的大菊花，那一株株青綠色的野草苗，那一個個鮮紅色的啦啦隊球，那一點點銀白色的星光，此刻都變成了舞台上的演員，拚命地迸發出自己的光彩，把自己最美的一面，呈現給觀眾。」

互動訓練營

1. 選詞填空：

乾涸　　　　爽快　　　　軟綿綿　　　圓滑滑

一塵不染　　起伏不息　　狼吞虎嚥　　依依不捨

(1) 他肚子餓極了，看到這一桌好菜就馬上＿＿＿＿＿＿起來。

(2) 我在草地上躺了下來，草很短，＿＿＿＿＿＿＿＿的，我睡得很舒服。

(3) 他們是多年好友，一朝分別，雙方都感到＿＿＿＿＿＿。

(4) 因為最近都沒下雨，所以池塘＿＿＿＿＿＿＿了。

(5) 媽媽總是把家裏打掃得＿＿＿＿＿＿＿，極其乾淨。

(6) 他的性格＿＿＿＿＿＿＿，有話直說，從不拖泥帶水。

2. 下列哪個句子沒有運用了「排比」的修辭方法？

（A）山朗潤起來了，水長起來了，太陽的臉紅起來了。

（B）那孩子的臉蛋像一個紅蘋果。

（C）像柳絮一般的雪，像蘆花一般的雪，像蒲公英帶絨毛的種子一般的雪，在風中飛舞。

（D）一日之計在於晨，一年之計在於春，一生之計在於勤。

答案：＿＿＿＿＿＿＿＿

3. 續寫下列句子：

（A）星期一的早晨，陽光燦爛，_____

_____。

（B）今天的學校很安靜，_____

_____。

（C）大年初二，_____

_____。

（D）終於放學了，_____

_____。

（E）重臨舊地，_____

_____。

# 31 夏天

學校：聖若瑟英文小學
年級：小四
作者：潘一鵬

**作文**

　　夏天，一個令我又愛又恨的季節。

　　我愛夏天陽光普照，令我立即想起陽光和海灘、太陽眼鏡和冰淇淋。每年放暑假，爸爸和媽媽便會帶我到海灘堆沙和暢泳。在烈日當空，身軀被紅紅的太陽曬得火熱時，「噗」的一下跳進水裏，整個人立刻涼透了！那種痛快和舒暢實在難以形容啊！如在游泳後馬上吃一杯巧克力冰淇淋，真是人生一大享受！想到這些，不禁令我急不可待「它」的來臨。

　　但一想到夏天快要來臨，我又十分恨它呢！每當夏天，天氣總

**點評**

● 第一段點明對夏天的感覺：又愛又恨。

● 解釋為何「愛」夏天。

● 擬聲詞「噗」很能引發人的聯想。

● 解釋為何「恨」夏天。
● 對夏天的恨，主要寫熱

是變幻無常，或晴或雨，令人難以適應。有時候，連預先安排了的活動，也被迫取消，<u>實在掃興得很</u>。還有，每次外出都是熱得令人快要溶化，<u>那滿身大汗的感覺很不好受</u>。而最主要的是我發覺好像一年比一年更炎熱，無論怎樣調低空調溫度，也於事無補。

　　總之，我很想到海灘游泳，但有時又寧願躲在家中不想外出，你說夏天是不是令人又「愛」又「恨」呢？

及天氣變化無常帶來的煩惱。

● 關於「掃興」可以寫一件具體的事情來説明。

● 滿身大汗的感覺人人都有過，能否再寫得詳細些，是因為需要時時拭汗，還是汗水黏在身上不清爽，還是讓人心裏也煩躁起來？

● 結尾重複夏天又可愛又可恨的觀感。照應開頭，總結上文。

### 總評及寫作建議

　　本文描寫對夏天的印象。

　　本文思路清晰，採用總分總結構，總起總收，主體部分分說對夏天的「愛」與「恨」。從選材的角度看，寫了夏天帶來的不便，也寫了夏天能夠享受到的樂趣。從第二段的「愛」來說，小作者展開聯想寫夏天游泳帶來的舒暢感受，因為有動作的描寫，有擬聲詞的運用，有比喻，能引發讀者的想像與聯想。第三段寫「恨」的時候，還可以補充一些內容，比如用較具體的事件來說明天氣變化的無常。也可以使用其他方法來寫夏天的煩惱，比如從植物或動物的角度寫，樹葉耷拉着，小狗伸長了舌頭，知了在瘋狂地製造噪音，可惡的蚊子……這樣也可以表現「熱」與煩躁的心情，更能將「恨」意填充到讀者的內心。如果平時注意觀察生活，寫作文就不愁沒有合適的材料。

## 32 農曆新年記趣

學校：嘉諾撒聖心學校
年級：小三
作者：區浚婷

**作文**

今年的農曆新年裏，我經歷了很多既有趣又有意義的事情，感到十分快樂。

記得年初一，天氣晴朗，一大清早，春姐姐喚醒我，叫我要向爸媽說祝福語。我睜開眼往窗外望，看見大廈的平台種了很多富貴菊和牡丹花，紅紅綠綠的，像在祝賀人們新年快樂！我還聽到小鳥兒們在嫩綠的枝頭上，吱吱喳喳地唱着賀年歌呢！春回大地，萬象更新，真不錯啊！

大年初二，我們先到祖母家吃一頓開年飯，當天的菜餚真豐富，有冬菇、燒肉、鮑魚……祖母

**點評**

● 開篇總起，直接扣題。

● 第二段寫新年晨景。

● 擬人手法寫春天的早上。

● 擬人手法寫花與鳥。

● 第三段寫到祖母家吃開年飯。

真了得，做的菜十分美味。

接着，我們到曾祖母家拜年。曾祖母一見到我們就笑得合不攏嘴，呀！牙齒不見了，樣子真有趣！她先請我們吃些新年小食，然後給我們派紅封包。豈料錢幣從封包內跑了出來，它滾呀滾，我追呀追，唉！終於把它抓住！可是我卻不小心變成滾地大冬瓜！

之後，我們到叔父家裏拜年。我和堂弟玩了很多遊戲，玩得很高興。晚上，我們到餐廳吃自助餐，雖然那裏的食物款式不多，但是我們都吃得津津有味。到八時，我們就跟着侍應的指引到餐廳露台欣賞煙花匯演。煙花燃放時雖然發出震耳欲聾的聲音，但它在半空中形成的圖案和顏色都十分漂亮，千變萬化，各不相同，有時散出來的是「大」字或「吉」字，有時就像一條小蛇升上天空，然後，再散出兩個很大的花來。這是我第一次在現場欣賞煙花，所以感覺非常新

- 第四段寫到曾祖母家拜年，重點寫收紅包的趣事。
- 此處描寫得很神似。
- 此處描寫生動。

- 第五段寫到叔父家拜年及到現場看煙花匯演。
- 玩遊戲、吃自助餐、欣賞煙花匯演，並重點寫了煙花的聲音、色彩、形狀。有流水賬的味道，建議只寫煙花匯演部分。

鮮。<u>當煙花燃放完後，我們回到餐廳內，吃過甜品後才回家去。</u>

● 這幾句與主題無關，可刪去。

這一天，我覺得十分高興。在新的一年裏，我也要把握時間，像煙花般活得燦爛和精彩。

● 結尾總結全文，寫自己的新年願望。

## 總評及寫作建議

本文主要記敍了作者在新年中的趣事。

小作者需要注意的是：寫文章不能等同於「直接」記錄生活。雖然我們在生活中很容易對很多事情感到有趣，但是不是每件事都有必要完全記錄。如果面面俱到，只會牽扯讀者的注意力，如果不注意突出重點內容，讀者印象淡漠則難以產生共鳴，如果對於重點不詳加描述，讀者一樣會感覺文章平淡無味。

因此，寫記敍文要求選材除了是作者所熟悉的、真實的材料之外，還應該是最能打動讀者的、最有意義的、新穎獨特的材料。那麼，新年晨景、祖母家的開年飯、到曾祖母家拜年並收紅包、到叔父家拜年、玩遊戲、吃自助餐、欣賞煙花匯演，這諸多材料中，究竟哪件是最能代表小作者在新年中感受到的「趣」？如果對文章進行修改，這些材料哪些需要保留？哪些可以略去？哪些又需要再添加描述內容以突出呢？解決了這幾個問題，主次不分、中心不明的毛病自然就能改正了。

# 33 郊遊樂

學校：嘉諾撒聖心學校
年級：小四
作者：莫詠瑤

**作文**

「秋高氣爽，這個星期天，我們一家四口不如到香港仔野餐吧！」當我和哥哥在客廳聽到爸媽在廚房中的對話時，不禁相望而笑，大叫起來：「實在太好了！」

星期天大清早，我和哥哥一聽到鬧鐘聲響，便自覺地起了牀，然後連忙梳洗，吃過早餐，乖乖地坐在客廳中，靜待出發。

我們乘車到達香港仔，從香港仔步行至郊野公園是要經過一個長斜坡的，「天呀！怎麼搞的？路這樣斜！」好不容易才走完了這段路，大家都滿頭大汗、氣喘如牛。

**點評**

● 第一段寫父母作出郊遊決定。

● 用語言開頭，開門見山。

● 第二段寫我們的期待。

● 第三段寫步行至郊野公園。

● 對長斜坡，可以加一些具體的描寫。

走過一條小徑，拐過了彎，遠處傳來了陣陣香味，啊！原來已到達了燒烤場地，我真希望能分享郊遊人士的美食呢！我們繼續往前走，沿路山青樹翠，偶會看見在樹上高歌的小鳥、在花叢中飛舞的蝴蝶。不消一會兒，我們就到達了野餐目的地——大壩。

- 第四段寫燒烤場地與沿路風景。
- 燒烤場地的氣氛如何？這也是反映「樂」的內容。

媽媽忙着為我們準備午餐，爸爸就帶着我和哥哥走到壩上觀魚。只見水清見底，大大小小的魚兒多得數也數不清，還有烏龜在漫無目的地游來游去呢！

- 第五段寫壩上觀魚。
- 哪裏水清見底？是水庫？是河流？是溪流？應該指明。

吃罷媽媽準備的午餐，大家心裏甜絲絲的，都很滿足，最後我們依依不捨地踏上歸途。

- 結尾寫滿意而歸。

## 總評及寫作建議

文章記敍了一次郊遊。

本文的問題依然出在選材、剪裁及佈局上。單純的記錄自己所經歷的事情與記錄郊遊之樂是兩回事，對於能讓自己感受到快樂的內容如果一一敍述，不分主次，不分詳略，中心便難以突出。

而且，小作者在記敍時忽略了各種描寫手段的作用。因此，本是樂事，讀者卻見不到樂，或感受不深。試試看，燒烤的人羣、燒烤的香味兒、燒烤場地的風光，哪些讓你覺得快樂？可否在描寫環境景物之後，寫寫自己的心情？大壩觀魚一段應該是郊遊的重要內容，卻只寫了一段，未能佔據十分之一的篇幅，如何讓讀者相信你的郊遊包含了無盡的樂趣？能否在聲色形等方面對游魚和烏龜進行描寫？

# 走在嚴冬的街頭

學校：嘉諾撒聖心學校
年級：小五
作者：譚泳禧

## 作文

「鈴……」下課的鐘聲響起了，同學們穿着臃腫的衣服，背起沉重的書包，準備放學回家。

我只穿了一件厚衣，戴着圍巾來對抗外面的「北極世界」，所以只好趕快回家，以免着涼。走出溫暖的課室，室外下着微微細雨，剛一出校門，一陣猛烈的北風便吹來，我不自覺地打了個寒顫。

我撐着傘，走在這個嚴冬的街道上。路上行人屈指可數，瀰漫着一股濃厚的冬天氣息。種植在路旁的樹木不斷地落葉，枯枝被北風吹得搖搖欲墜。樹葉迎風抖落，落葉左一堆、右一堆地散滿在冰冷濕

## 點評

● 開頭寫放學的場景。

● 這一段事實上與中心沒有太多關聯，可以刪去，會更簡潔。

● 這一段寫寒冷的天氣。

● 接着寫街頭的蕭條。

● 寫嚴冬的街道：由行人而樹木，由整棵樹到局部的枯枝，再到落葉，乃至冰冷的地面。寫景層次分明。

● 擬人手法寫落葉，增添蕭殺色彩。

潤的地面上，顯得分外可憐。

突然傳來一聲聲顫抖的叫賣：「香噴噴的栗子啊！快來嚐嚐吧！」我馬上駐足，朝着飄來栗子香味的方向望去，瞧到一位樣子衰老的伯伯在賣栗子，一陣陣栗子的香味鑽入我的鼻孔。在刺骨寒風之下，老伯伯為了幫補家計而在街頭擺賣小吃。但可悲的是，這麼美味的炒栗子，竟然沒有人願意停下來買，人們只顧着回家吃晚飯，都對在街道旁邊的小賣檔視而不見。此刻，我才發覺原來現今的香港人的心都是冷冰冰的，像可怕的嚴冬一樣，失去了憐憫和同情的心。

- 第四段寫見到一位老伯伯為生計而勞作，心生感慨。

- 寫老伯伯賣栗子，未見其人，先聞其聲，「顫抖」、「樣子衰老」兩詞簡筆勾勒出老伯伯的形象。

此時，我突然發現攤檔前不見了老伯伯的蹤影。掃望四周，看到他正拿着一大袋栗子準備送給瑟縮在天橋下的乞丐。乞丐的身上只穿了一件像紙般單薄的衣服，身體不時在發抖，身旁只有一條骯髒的流浪狗相伴。這一幕，令寒冬增添

- 第五段寫老伯伯的善舉和「我」的行動。

- 上文老伯伯的遭遇讓人同情，為本段老伯伯送栗子給乞丐的行為作了鋪墊，使小作者及讀者更為感動。而抑揚手法的使用，使文章有了起伏與波瀾。上段先抑——寫人心的「冷」，

了一絲的溫暖。於是，我亦忍不住走到他倆的身邊，把脖子上的圍巾脫下來，送給了乞丐，又用身上的零錢買下了老伯伯一袋栗子，並把餘下的零錢都捐給乞丐。乞丐流露出感激的神情，老伯伯連聲道謝，使我在嚴冬的街頭上，心中亦流入一股暖流。

本段則後揚——寫人心的「暖」。

為免着涼，我向他們道別後，便急忙趕回家去。

● 與中心無關，刪去。

在這個嚴冬的街頭，我感受到人情冷暖，亦明白到原來世界上有很多得不到溫飽及需要幫助的人，令我知道要珍惜眼前所擁有的一切，並要用功讀書，做好自己本分，將來才有能力幫助有需要的人。

● 結尾寫事後感。

● 事後感想，十分難得的沒有就事論事，而是找到了自我努力的方向，更顯出小作者感受的真切實在。

## 總評及寫作建議

　　本文記敍了冬日街頭發生的感人一幕。

　　小作者仔細地觀察與體驗社會生活，並深入思索自我努力的方向，極具社會責任感。嚴冬街頭的冷雨寒風終於因為老伯伯的行為而溫暖起來。

　　全文從選材到謀篇佈局都很合理，從天氣的冷，寫到人世的冷，而又由人世之冷寫到人世之暖。情節雖簡單，但亦有起伏。小作者對於氣氛的營造（二、三段的描寫）十分成功，而且要寫「冷」卻先寫課室的「暖」，兩相對比，更加讓人渴望由內而外的溫暖。外部的環境之冷難以改變，但是內部的情感冷暖卻是可以左右的。小作者先寫人心之「冷」，再寫人心之「暖」，正合乎置身寒冷的人們的內心需求，一切水到渠成。

　　讓人意想不到的還在結尾，小作者並沒有對自己的觀察做簡單的總結，卻是對自己提出了要求，讓那份愛心、責任心表露無遺，令人感歎。

　　雖然個別語言還可精簡，但是對老伯伯和乞丐的白描卻非常成功，寫前者只用了「顫抖的聲音」和「樣子衰老」來表現，寫後者，突出的是「像紙般單薄」的衣服、「發抖」的身體及「一條骯髒的流浪狗」。因為小作者準確地把握了畫面之「意」，所以在描繪畫面之「形」時，只用寥寥數筆就讓讀者產生了如同親見的感覺。

# 35 那夜，沒有空調

學校：嘉諾撒聖心學校
年級：小六
作者：林穎君

## 作文

「今天的氣溫介乎三十四至三十八度，相對濕度達百分之七十八，酷熱天氣警告現正生效。」晚間天氣報告完畢。突然，我眼前一黑，然後，一陣「哇——哇——」聲遍佈全幢大廈。

管理處說這是因為電纜斷了導致停電，電力公司已經派人搶修，但不知甚麼時候才能修復。一種恐慌的感覺頓時產生。不是因為沒有電燈，也不是因為不能看電視，而是覺得愈來愈熱，卻沒有了空調。各家各戶的房門已打開，窗子也全都打開了，為甚麼沒有一點風在流動的感覺？有的，卻只是熱

## 點評

● 開頭寫高溫警告與突然停電。

● 高溫天氣預報與忽如其來的停電，開頭用字簡約，具戲劇性，並呼應結尾來電的突然。

● 接下來寫停電後引起的連串反應：一、從恐慌到慢慢接受的心理過程。

● 各家各戶的「門戶大開」與全家人的「離家出走」是常態生活中的變數，無意中卻體現了現代人生活的封閉。

風，不！不是風，是熱氣；不！不是氣，是悶熱的感覺，令人呼吸不很暢順，汗流浹背。所以我們一致決定「離家出走」，走到大廈平台花園，邊乘涼，邊等待維修人員的好消息。

● 以自問自答式心理獨白寫天熱帶來的種種感受。

夜了，真的夜了。明天還要上學，所以我們就回家，富有經驗的爸爸還教我說，洗個冷水浴會比較舒服一點。平時在家裏洗澡就只有用熱水或溫水，十個寒暑以來，就只有這回在家裏沐了一個冷水浴，感覺還真不錯呢！

● 二、洗冷水浴：這也是未曾有過的體驗。

無病又怎可以呻吟？如今躺在牀上的我為「熱」而呻吟：「好熱，好熱，心靜自然涼。上帝，爸媽，救命啊！唉、唉！」不知自己在說甚麼。在這又熱又累的狀態下，我只想一睡以消煩悶，可是羊也數過千遍了，但總是睡不着。

● 三、數羊，卻仍難以入睡。

● 建議與下段合二為一，主要表現「葵扇」。

此時，媽媽突然拿了一件我從沒看過的東西：這東西好像農曆

● 四、關於葵扇。

新年醒獅表演中「大頭佛」手拿的
法寶一樣，媽媽說這是「葵扇」，
只要輕搖葵扇，我就會很快入睡。
果真，有了葵扇，我不知不覺就睡
着了。

討厭的「轟轟」聲又再次吵
醒了我，我揉揉倦眼，睡眼惺忪地
瞄了一瞄牆角上的空調，嘴角咧
出一絲微笑，一種「從地獄回到天
堂」的爽快感覺湧上心頭來。終於
來電了！

● 結尾：來電了！

● 忽如其來的停電，神祕
莫測的來電。生活又回
復了常態。寫得自然而
富有意味。

## 總評及寫作建議

本文記敍了一次停電的經歷。

小作者的最大優點在於能將一件簡單平凡的事寫得有聲有色有趣味。語言的簡約不僅僅是因為運用文字的能力，更體現了思維的縝密。用獨白式的心理描寫體現自我的真實感受，既有趣又自然。

文章的開頭結尾十分有趣，始於停電，終於來電，是圓形的結構。從常態生活的被打破到回復原狀，似乎沒有甚麼稀奇，但通過小作者選擇的材料，我們看到了現代人生活中除去高度文明化的另一面：封閉、與自然隔絕、過分依賴外物、慣性的生活方式。現代人對於空調的依賴，對於舒適生活的追求讓他們少了許多與外界、與自然相接觸的機會，甚至可能改變一直以來的習慣。在高溫天氣而又停電的情況下，大廈裏平時緊閉的各家大門有了洞開的時候，平日裏享受空調冷氣的人們會在花園裏乘涼，習慣了溫水浴的人其實也可以接受冷水浴，沒有空調憑借葵扇一樣也可以睡着。因此，小作者的選材是很成功的：停電雖是小事，然而過程卻並不那麼簡單。

結尾寫空調的噪音與自己的爽快心情。沒有像有些同學那樣，習慣性地以一段感想來結束文章，卻收到了言有盡而意無窮的效果。

## 作文加油站

### 詞彙寶盒

| | | | | | | | |
|---|---|---|---|---|---|---|---|
| 痛快 | 舒暢 | 掃興 | 溶化 | 寧願 | 喚醒 | 嫩綠 | 菜餚 |
| 新鮮 | 燃放 | 燦爛 | 梳洗 | 靜待 | 花叢 | 臃腫 | 對抗 |
| 寒顫 | 嚴冬 | 瀰漫 | 顫抖 | 駐足 | 衰老 | 憐憫 | 單薄 |
| 發抖 | 相伴 | 暖流 | 搶修 | 恐慌 | 悶熱 | 乘涼 | 暢順 |
| 烈日當空 | 陽光普照 | 變幻無常 | 難以適應 | 於事無補 |
| 吱吱喳喳 | 萬象更新 | 合不攏嘴 | 震耳欲聾 | 千變萬化 |
| 秋高氣爽 | 相望而笑 | 山青樹翠 | 水清見底 | 漫無目的 |
| 踏上歸途 | 屈指可數 | 搖搖欲墜 | 冰冷濕潤 | 視而不見 |
| 人情冷暖 | 眼前一黑 | 汗流浹背 | 無病呻吟 | 睡眼惺忪 |

### 佳句摘賞

- 在烈日當空，身軀被紅紅的太陽曬得火熱時，「噗」的一下跳進水裏，整個人立刻涼透了！

- 為甚麼沒有一點風在流動的感覺？有的，卻只是熱風，不！不是風，是熱氣；不！不是氣，是悶熱的感覺。

- 落葉左一堆、右一堆地散滿在冰冷濕潤的地面上，顯得分外可憐。

**寫作小錦囊**

　　故意把兩個相反、相對的事物或同一事物相反、相對的兩個方面放在一起，用比較的方法加以描述或說明，這種修辭手法叫「**對比**」，也叫「**對照**」。

　　運用對比的手法，能把好同壞、善同惡、美同醜等等對立揭示出來，給人以深刻的印象和啟示。比如，我們常說的一句話「虛心使人進步，驕傲使人落後」，就使用了對比的修辭，將虛心和驕傲兩個對立的詞彙以及導致的後果加以比較，讓人們立刻就清晰地辨明了其間的利害關係。

**互動訓練營**

1. 選詞填空：

| 掃興 | 新鮮 | 寒顫 | 恐慌 |
|---|---|---|---|
| 震耳欲聾 | 踏上歸途 | 人情冷暖 | 睡眼惺忪 |

（1）春遊活動結束，同學們依依不捨地＿＿＿＿＿＿＿。

（2）這條小河突然出現了一隻有尖牙的鱷魚，引起民眾的
　　　＿＿＿＿＿＿＿。

（3）我昨晚溫習到太晚，今早醒來時＿＿＿＿＿，晃晃悠悠。

（4）夜裏涼風颼颼，我忍不住打了個＿＿＿＿＿，把外衣包裹
　　　得緊緊的。

(5) 我們一家人千里迢迢來泰山遊玩，偏偏遇上連天大雨，未能上山，最終打道回府，真是＿＿＿＿＿＿＿。

(5) 窗外傳來一陣＿＿＿＿＿＿＿的雷電聲，那聲音大得彷彿整個大地都在搖晃。

2. 下列哪個句子運用了「對比」的修辭手法？

（Ａ）這裏白天陽光普照，一到夜晚就漆黑一片。

（Ｂ）校園裏靜悄悄的，連小草生長的聲音似乎都能聽到。

（Ｃ）家是溫暖的港灣，它帶給人們的感受是溫馨。

（Ｄ）他冷淡的笑容，像陰寒欲雪天的淡日。

答案：＿＿＿＿＿＿

3. 續寫下列句子：

（Ａ）通過照相機的鏡頭，我看到了＿＿＿＿＿＿＿＿＿＿＿
＿＿＿＿＿＿＿＿＿＿＿＿＿＿。

（Ｂ）在新的一年裏，我的心願是＿＿＿＿＿＿＿＿＿＿＿
＿＿＿＿＿＿＿＿＿＿＿＿＿＿。

（Ｃ）星期天大清早，＿＿＿＿＿＿＿＿＿＿＿＿＿＿＿
＿＿＿＿＿＿＿＿＿＿＿＿＿＿。

（Ｄ）秋高氣爽，天高雲淡，＿＿＿＿＿＿＿＿＿＿＿＿＿
＿＿＿＿＿＿＿＿＿＿＿＿＿＿。

（Ｅ）下課的鐘聲響起了，＿＿＿＿＿＿＿＿＿＿＿＿＿＿
＿＿＿＿＿＿＿＿＿＿＿＿＿＿。

# 答案

作文加油站（一）

1（1）叮叮咚咚 （2）徘徊 （3）錦上添花 （4）勉勵 （5）冷冰冰
（6）抛諸腦後

2 C

3.（參考答案）

（A）老師走進課室，<u>全班馬上變得鴉雀無聲</u>。

（B）下雨了，<u>媽媽特地到學校為我送來雨傘</u>。

（C）一年之計在於春，<u>春天給人們帶來新的希望，新的收穫</u>。

（D）我十分感謝我的好友小麗總是在我最失意時<u>給予我鼓勵和支持</u>。

（E）我今天從電視裏看到<u>我最欣賞的運動員在比賽中奪冠</u>。

作文加油站（二）

1（1）怡人 （2）綠油油 （3）掌聲如雷 （4）體貼 （5）鎮定自若
（6）淘氣

2 B

3.（參考答案）

（A）那年夏天，我和家人到南美洲旅行，<u>十分難忘</u>。

（B）比賽開始了，<u>我咬住牙，拚命地向前奔跑</u>。

（C）在今天的活動中，我深深體會到老師的溫暖和同學的情誼。

（D）樹姑娘天天張開雙臂，<u>把樹枝、花兒和果實一一收進懷中</u>。

（E）露珠姑娘聽着笑話，<u>笑得眼淚都掉下來了</u>。

## 作文加油站（三）

1（1）敲門　（2）意猶未盡　（3）嚴肅　（4）扶老攜幼　（5）雀躍
　（6）包羅萬有

2 A

3.（參考答案）

（A）我一邊幫媽媽裝飾桃樹，一邊哼着快樂的歌兒。

（B）雖然得到很多糖果，但是媽媽囑咐我每天不能吃超過三顆，以免影響
　　　健康。

（C）煙火匯演開始了，「砰砰」幾聲，一朵朵火紅的大野花在天空盛開。

（D）在我心目中，爸爸和媽媽永遠是最好的。

（E）我希望每個人都能多些珍惜和關懷身邊的人，以免將來後悔 。

## 作文加油站（四）

1（1）拍案叫絕　（2）破曉　（3）觸動人心　（4）隱居　（5）風雨交加
　（6）活潑

2 正襯句：＿＿＿A＿＿＿　　反襯句：＿＿＿B＿＿＿

3.（參考答案）

（A）年宵花市有很多攤位，我們都來不及看完所有攤位就離開了。

（B）我聽到一陣觸動人心的音樂聲，把我憤怒的心情平服下來。

（C）我們到了一間餐廳，吃了一頓美味的和牛盛宴。

（D）我的心情有點緊張，因為比賽快要開始了。

（E）這套話劇情節感人，演員的表演亦相當出色，因此大獲好評。

## 作文加油站（五）

1（1）翩翩起舞 （2）暈倒 （3）無可奈何 （4）悦耳 （5）全神貫注

（6）失業

2 D

3.（參考答案）

（A）雖然當時沒有下雪，<u>卻下着雨，非常寒冷。</u>

（B）記起在去年的秋天，<u>我跟着爸爸媽媽去舉世聞名的香山遊覽。</u>

（C）我滿頭大汗地走出來，<u>手裏捧着我剛剛親手完成的曲奇餅，打算給爸媽</u>
　　<u>品嘗。</u>

（D）這事以後，<u>我學會了朋友之間要互相坦白和體諒對方，友誼才能更長久。</u>

（E）夏日炎炎，<u>我和家人一起到沙灘暢泳消暑。</u>

## 作文加油站（六）

1（1）狼吞虎嚥 （2）軟綿綿 （3）依依不捨 （4）乾涸 （5）一塵不染

（6）爽快

2 B

3.（參考答案）

（A）星期一的早晨，陽光燦爛，<u>我們背着書包上學去。</u>

（B）今天的學校很安靜，<u>因為今天不是上學的日子。</u>

（C）大年初二，<u>我們一家到爺爺家拜年。</u>

（D）終於放學了，<u>我們馬上到球場踢足球。</u>

（E）重臨舊地，<u>令我感觸良多。</u>

## 作文加油站（七）

1（1）踏上歸途 （2）恐慌 （3）睡眼惺忪 （4）寒顫 （5）掃興
（6）震耳欲聾

2 A

3.（參考答案）

（A）通過照相機的鏡頭，我看到了一個廣闊美麗的冰天雪地世界。

（B）在新的一年裏，我的心願是下學期的總成績要提升十分或以上。

（C）星期天大清早，我們一家人和祖父母到茶樓喝茶吃點心。

（D）秋高氣爽，天高雲淡，我和幾個同學一起到郊外遠足，感覺十分暢快。

（E）下課的鐘聲響起了，同學們都收拾書包，去上課外活動或逐一離開學校。

# 鳴　謝

《作文自學班》編輯部由衷感謝下述　學校
之鼎力支持和誠意配合本書的出版

九龍塘宣道小學

仁愛堂田家炳小學

弘立書院

協恩中學附屬小學

保良局錦泰小學

浸信會沙田圍呂明才小學

聖方濟各英文小學

聖公會青衣主恩小學

聖若瑟英文小學

嘉諾撒聖心學校

滬江小學

寶血會嘉靈學校

（排名不分先後，以學校名字筆畫數為順序）